JN311891

よろず屋稼業　早乙女十内（五）

晩秋の別れ

稲葉　稔

幻冬舎時代小説文庫

よろず屋稼業　早乙女十内（五）

晩秋の別れ

目次

【主要登場人物】

早乙女十内　旗本の父を持ちながら、自分の人生を切り拓くためにあえて市井に身を投じ、よろず屋稼業を営んでいる。

服部洋之助　北町奉行所定町廻り同心。十内を「早乙女ちゃん」と呼ぶ。

松五郎　小網町の岡っ引き。十内に対して威圧的な態度を取る。

仁杉又兵衛　服部洋之助の先輩同心。胆力あり。

近藤友次郎　本所林町に住む旗本。清廉な人物なれど、不遇をかこっている。

由梨　十内の隣に住む町娘。軽業を見世物にする曲芸師。

お夕　十内の隣に住む町娘。絵師・狩野祐斎のひな型（モデル）をしている。

孫助　年中酒に酔っているが、江戸市中で起きた出来事に精通している。

お清　ある事情で人足寄場に入れられた女。

鶴吉　お清が思いを寄せる男。裏の顔がある。

丹治　「牢裏の丹治」の異名を持つごろつき。

たがめの文五郎　野心を抱いて川越から江戸に出てきた流れの博徒。

黒門の辰造　上野の賭場を取り仕切る一家の親分。

第一章　寄場帰り

一

鉄砲洲《てっぽうず》からおよそ二町の沖合に、肩を寄せ合うようにしている島がある。海に向かって立てば、右が佃島《つくだじま》、左が石川島《いしかわじま》だ。

両島は秋の日射しに輝く海の向こうで、どことなく霞《かす》んでいるように見えた。岸辺で舞い交う鷗《かもめ》たちは、鉄砲洲の海岸と二つの島の海岸を往復したりする。往復するのは漁師舟もある。そして、石川島の人足寄場《にんそくよせば》を往き来する舟もそうだ。

お清《きよ》が人足寄場に入れられたのは、一年ほど前だった。

罪状は窃盗――掏摸《すり》だった。

盗んだ財布には五両と少し入っていた。初犯だったがために、五十敲《たた》きのうえ寄場送りとなった。

お清は寄場の南にある女置場で、草鞋《わらじ》作りをしていた。同じように草鞋を作ったり、縄をなったりしている女たちがいる。誰もが柿色に水玉模様の半纏《はんてん》という仕着せを着ていた。

寄場の刑期は三年が最長であるが、素行がよく改悛《かいしゅん》が見られればそのかぎりではない。

お清はいわば〝優等生〟だった。おとなしくしており、何人《なんぴと》にも逆らわず、人足の作業を監督する下役の前では、後悔と反省の態度を常にあらわしていた。

とくに、覚えがよかったのは、隔日で町奉行所からやってくる竹本敬太郎《たけもとけいたろう》という寄場掛同心だった。

「おまえは行儀もよいし、他人への思いやりもある。盗みをはたらいたとは思えぬ。きっと魔が差したか、人によくある出来心であったのだろう」

あるとき、そんなことをいわれた。

「いいえ。わたしは他人様《ひとさま》のものを盗んだのです。あさましいことです。たしかに出来心だったかもしれませんが、いけないことをしてしまいました。そんな自分が恥ずかしくて憎くて、情けないのです」

お清は目にうっすらと涙を浮かべて、竹本に頭を下げた。それ以来、竹本は目をかけてくれるようになった。とくに何をしてくれるわけではないが、

「真面目にやっているようだな」

と、すれちがうときに声をかけてきたり、また遠くから憐憫《れんびん》の情を込めた眼差《まなざ》しを向けてくるのだった。そんなとき、お清はかしこまって頭を下げた。

その竹本敬太郎から先日、こういわれた。

「お清、おまえはもうすぐここを出られるかもしれぬ」

ハッとなって、お清は竹本を見た。

「お奉行の覚えがめでたいのだ」

お奉行とは、竹本が属する北町奉行《きたまちぶぎょう》ではなく、人足寄場を管轄している寄場奉行のことだった。

「まことでございますか……」

信じられない思いで、竹本を見返すと、目尻にやさしい笑みを浮かべ、小さくうなずいた。お清は竹本の一言を、ひそかに期待していた。

（もうすぐここを出られるかもしれない）

そう思うと、妙に華やぐような心持ちになったが、油断も安心もできなかった。

――あたしゃ三年の年季前に出たって人を見たことないよ。

と、同じ女の人足がいっていたし、

――どんなに早くったって、二年だろうよ。まあ、三年は覚悟するしかないさ。

という女もいた。

だから、自分だけ一年で出られるはずがないと思いもする。お清は草鞋作りの手を止めて、蔀戸《しとみど》の向こうに見える海を眺めた。

波穏やかな海はきらきらと輝き、遠くに帆を張った漁師舟が見える。空には秋の深まりを感じさせる、筋状の雲がうすくなびいていた。

同じ小屋の女たちは、天気の話をしたり、残している亭主や子供のこと、あるいは昔やっていた仕事のことを話していた。ときに下卑た話をしてくすくす笑ったりもする。

いまもそうだった。作業をしながら、惚《ほ》れた男との話で盛りあがっていた。

女たちの仕事は単純作業が多い。

縄ないや草鞋作り、下駄のなおし、食事の支度などだ。男たちは手に職があれば、大工や指物《さしもの》、建具などの仕事を与えられる。手に職がなければ、米搗《つ》き・油搾り・炭団《たどん》作り・護岸工事などの肉体労働を強《し》いられる。

だから、きつい労働をする男たちは、人足寄場のことを「佃島の獄」といっていた。

しかし、ここは刑務所的性格よりも、更生施設の色が濃く、いち早く社会復帰させるための場所であった。それゆえに日々の労働には対価があり、材料などの諸費用を省き、売却代金の一部は自分の収入となり、出所のおりにもらえるのだ。

女たちはかしましく浮いた話をしていた。海から手許《てもと》の草鞋に視線を移したお清は、しばらくその話を聞くともなしに聞きながら作業に戻った。

「お清ちゃん、あんたにもいい男がいるんだろう。まだ、若いんだからねえ」

おせいという女が声をかけてきた。肉づきのよい顔をにたつかせている。

「わたしには……」

「どうなんだい。たまには教えておくれよ。あんたが一番若いんだ。惚れた男のひとりぐらいいただろう。それとも、亭主持ちだったのかい」

お清に興味を持ったお花という女も話しかけてくる。

「嫁には行っておりません」

「それじゃ待っている男がいるんじゃないかい。あんたは若いし、いい顔立ちだから、そんな男がいても何の不思議もないからね。ねえ、どんな男なのさ」

おせいは仕事を中断して、筵《むしろ》の上を這《は》うようにして身を乗りだしてきた。

「誰もいません。みなさんが羨《うらや》ましいです」

お清は顔を伏せて作業をつづけた。みんなは白けたように顔を見合わせて、それぞれの仕事に戻っていった。

だが、お清は鶴吉《つるきち》の顔を脳裏に浮かべていた。細面《ほそおもて》に涼しい目許。役者にしてもおかしくない面立ちだった。もし、寄場掛同心・竹本敬太郎からいわれたことがほんとうなら、その鶴吉にもうすぐ会える。

（会いたい。早く会いたい……）

お清は作りかけの草鞋をギュッと抱きしめるように強くつかんだ。

二

「やっぱり冷えるね」

女たちは薄っぺらの夜具に横になっても、すぐには寝なかった。いつまでもおしゃべりをするのだ。

「もうすぐ冬だから、これから先のことを思うとうんざりするよ」

「それでも男の人足たちよりはましだよ。それだけでもありがたく思わなきゃ」

女小屋には琉球《りゅうきゅう》畳が敷かれていたが、男人足の小屋は板の間に筵敷きである。冬の寒さに耐えるのは、一言ではいいあらわせない厳しさがあった。栄養が足りず、寒さに負けて死ぬものもひとりや二人ではなかったし、ひどい風邪を引くものも少なくなかった。

表から波の音が聞こえていた。さっき、遠くのほうで怒鳴り声と騒ぐ声がしていたが、おさまっていた。大方、男人足同士の揉《も》め事だったのだろう。よくあることだ。

寄場は、若年寄《わかどしより》支配の寄場奉行が受け持っており、その下に事務を取り扱う元締役三人、人足たちを管理監督する寄場下役が二十人ほどいた。また、竹本敬太郎のように、町奉行所からも掛の同心が隔日でやってくる。その数は二名だった。

「早くこんなところは出たいもんだよ」

さっきから、ぼそぼそとおしゃべりをしていたおせいが、愚痴をこぼした。

「それにはあたしゃ、あと一年はある」

お花が答えた。それを潮におしゃべりが終わった。

なかなか眠れないお清は、闇のなかに目を光らせていた。潮騒の音と、海を吹きわたる風の音が聞こえている。

（鶴吉さん……）

お清は思う男の名を、胸の内でつぶやいた。

竹本敬太郎のいったことは嘘ではなかった。お清は三日後に、ひとりの元締役の訪問を受け、その月（八月）の晦日《みそか》に放免になることを伝えられたのだ。

「おまえの素行と日頃の振る舞いがよかったのだ。改悛の情もある。お上からの沙《さ》汰《た》だ。残り少ないここでの暮らしだが、まちがっても粗相いたすでない」

お清は心底胸をなでおろした。まわりの女たちはしきりに羨ましがり、

「あんたのように、わたしも早く出られるようにならないかね」

といったり、

「何かコツでもあるんじゃないのかい。もしあるんだったら教えておくれな」

と、せがむ女もいた。

いずれにせよ、お清の人足寄場暮らしは、ほぼ一年で終わることになった。

そして、寄場を出る日がきた。

風の強い日だったが、空はよく晴れていた。同じ小屋で暮らした女たちに世話になった礼をいうと、下役に詰所に連れて行かれ、そこで仕着せの柿色に水玉模様の半纏を返し、送られてきたときに預けた着物と些少《さしょう》の持ち物、そして一年間はたらいた労賃を受け取った。労賃は千八百文（一分相当）だった。

舟着場に行くと、猪牙舟《ちょきぶね》が待っており、雁木《がんぎ》にひとりの元締役といっしょに、寄場掛同心の竹本敬太郎と身許引受人のお定《さだ》の姿があった。

「お清、よかったな」

竹本がいつもの眼差しを向けてきた。お清が深々と頭を下げると、

「おれも帰るところだ。向こうの渡し場までいっしょだ」

といって、先に舟に乗り込んだ。

「お清ちゃん、よかったね。誰よりも早いっていうじゃないのさ。おとなしく真面

目に務めたおかげだね」

お定が近寄ってきて、お清が抱え持つ小さな風呂敷包みを、代わりに持ってくれた。

竹本、お清、お定の順で舟に乗り込むと、船頭が棹《さお》を使って桟橋をついた。

お清は舟に揺られながら離れゆく石川島をぼんやり眺めた。

長いようで短かった寄場暮らしだった。それでも三年のところをたった一年で出られたのは、運がよかったというしかない。もちろん、お清の頑張りもあった。自分を抑えて、いやなことや腹の立つこと、つらいことにも必死に耐えた。

素行がよければ、年季が短くなると聞かされていたことに一縷《いちる》の望みを託していたのだ。それもこれも、早く鶴吉に会いたいという思いがあったからである。

「おいしいものでも食べようか。なにか食べたいもののない？」

鉄砲洲の岸壁がだんだん大きく見えるようになったところで、お定が話しかけてきた。離れゆく寄場をぼんやり眺めていたお清は、鉄砲洲に顔を向けて首を振った。

「満足なものは食べさせてもらっていなかったんじゃないの」

お定は同船している竹本を気にして低声《こごえ》でいった。

「お腹《なか》は減っていないわ」

そっけなく答えたお清は、近づきつつある鉄砲洲を懐かしむように眺めた。そばに座っているお定が、着物を新しく誂《あつら》えようとか、化粧もしなければならないといっている。

身許引受人のお定は、従姉《いとこ》だった。竈河岸《へっついがし》に住む大工の女房で、お清にとって江戸で唯一の身内だった。

「家はもうないんだから。しばらくはうちにいればいいよ。うちの亭主もあんたのこと心配してくれて、仕事を見つけてやるといっているし……」

「わたしは寄場帰りですから……」

お清の言葉に、お定は一瞬、言葉に詰まってから、

「お清ちゃんの器量だったら、はたらき口はいくらでもあるわよ」

と、無理な笑顔を作った。

竹本は舳先《へさき》のそばに座ったまま、鉄砲洲のほうに目を向けていたが、船着場が近づくと、お清を振り返った。

「お清、やっと江戸に戻ってこられたな。年季が早く終わったのはなによりだった。

これからはまちがいを起こさず真面目に生きることだ」

お清は恐縮したように頭を下げた。

船着場につくと、三人は桟橋から河岸道にあがった。

「お世話になりました」

お清が竹本に一礼すると、

「うむ、お勤め大儀であったな。お定と申したな」

竹本はお清からお定に目を向けて、言葉を足した。

「お清はまだ若い。いくらでもやりなおしは利く。しっかり面倒を見てやれ」

「はい」

お定が深々と頭を下げると、竹本はそのまま歩き去った。しばらくその後ろ姿を見送ってから、お定がお清を振り返った。

「それじゃ、お清ちゃん行こうか。うちの亭主も待っているし、元気な顔を見せてあげて。それから何か食べに行こう」

「お定さん、せっかくだけど、わたし行くところがあるの」

お定は目をぱちくりさせた。

「用がすんだらお定さんの家に行きますから。先に帰っていてください」

「用って……いったいどこへ行くっていうのよ」

「どうしても会わなければならない人がいるんです」

「いったい誰よ？」

「とにかく先に帰っていてください」

お定は穿鑿《せんさく》してきたが、お清はほんとうのことはいわず、半ば強引に稲荷橋《いなりばし》の手前でお定と別れた。

行く場所は決まっていた。お清は歩きながら、何度か胸の内でつぶやいた。

（鶴吉さん、帰ってきたよ。早く帰ってきたよ、鶴吉さん）

そうやって歩くうちに、お清の表情がやわらかくなった。瞼《まぶた》の裏にはっきりと鶴吉の顔が浮かんでいた。

三

「もう越して十月《とつき》はたつんじゃないかね。今年の正月にはいなかったから……そうだね、そのくらいに引っ越していったよ」

手拭《てぬぐ》いを姉さん被《かぶ》りにした長屋の女房の言葉に、お清はしばらく唖然《あぜん》としていた。

「それでどこへ越したかわかりますか？」

「さあ、どこだろうね。引っ越し先を聞いてもなにもいわなかったからね。気になるんだったら大家さんに聞いてみたらいいんじゃない。大家さんだったら知っているかもしれないから……」

お清は大家の住まいを聞いてから、とぼとぼと長屋の路地を引き返した。そこは木挽町《こびきちょう》七丁目にある長屋で、汐留橋《しおどめばし》のすぐそばだった。

鶴吉はその長屋で、お清をずっと待っているといってくれたのだ。

――おれはあの家が気に入っているから、おめえさんが帰ってきたらいっしょに住もうじゃないか。それまで不自由させねえように稼いでおくから。

――ほんとうに待っていてくれるのね。

――ああ、おれの身代わりになるんだ。そんな女を不幸にはできねえ。おめえはおれの恩人だ。きっと幸せにしてみせる。

お清は鶴吉のその言葉を信じていた。信じていたからこそ、つらい寄場暮らしにも耐えられたのだった。しかし、鶴吉はいっしょに住もうといった長屋を越していた。それも十月も前だという。

お清が寄場送りになって二月ほどたってからの勘定になる。

なにかわけがあって越したのだろうが、いったい何があったのだろうか。それともっといい家が見つかったのかもしれない。とにかく大家に会って、引っ越し先を聞かなければならなかった。

大家は出入帳を繰ってすぐに鶴吉の引っ越し先を教えてくれたが、

「あんた、あの男になんの用があるのか知らないが、あんまり近づきにならないほうがいいよ。ありゃあ、感心できない遊び人だ。気をつけるんだよ」

と、帰り際に忠告してきた。

たしかに鶴吉はそういう男だった。しかし、それはほんとうの鶴吉を知らない人間のいう科白《せりふ》だった。鶴吉は早くに両親を亡くした苦労人で、若くして人生の辛酸を舐《な》めてきた男だった。それだけに人を見る目があり、賢く、なにより信用を第一に考えていた。

――お清、人を簡単に信用しちゃならねえぜ。甘い顔をしてるやつにかぎって裏があるんだ。おめえはうぶだから、いいことをいうやつをいい人間だと思うだろうが、真人間てやつァ、めったに人におべんちゃらは使わねえもんさ。

お清もたしかにそうだと思った。

何度か見ず知らずの男に甘い言葉をかけられて、誘われたことがあった。そのたびに、お清は危ない目にあった。甘い顔で近づいてきて、こっちのものになると思ったら豹変し、お清を手込めにしようとしたのだ。

そのたびに、救ってくれたのが鶴吉だった。

――だからいわねえこっちゃねえ。

鶴吉は叱《しか》りながらも、今度からは気をつけるんだと注意してくれた。

お清が赤坂の水茶屋ではたらいていたころのことだ。もっともその水茶屋もあやしい店で、奥には客を取る部屋を設けてあった。さいわい女将《おかみ》が目をかけてくれたので、お清は声をかけられはしても、客に体をあずけることはなかった。

鶴吉と知り合ったのも、その水茶屋だったし、

――あんな店にいたら、おめえもいつかは安女郎に成り下がっちまう。店はおめえのことを看板娘と売りにしているから大事にしているが、あと一、二年もしたら

他の茶汲《ちゃく》み女と同じになっちまうぜ。やめろやめろ、面倒はおれが見てやる。

そうやって世話を焼いてくれたのも鶴吉だった。だから、お清は鶴吉の身代わりになったのだった。

それは、京橋の近く、人の多く行き交う通町《とおりちょう》の外れで起きた。お清には何がなんだかわからなかった。いっしょに歩いていた鶴吉が、ひとりの男とぶつかったとたん、黙って歩けと急にかたい表情になったのだ。

どうしたのだと聞いても、いいから黙って歩けという。よそ見をするな、まっすぐ歩いてつぎの角を曲がるんだとも。そのとき、背後で大きな声がした。

――掏摸だ。財布を掏《す》られた。あいつだ、あの二人だ！

とたん、鶴吉はまずいといって、舌打ちをした。お清が後ろを振り返ると、数人の男たちが怒濤《どとう》のように追いかけてきていた。ひとりはひと目で町方だとわかった。

――まさか、そばに町方がいるとは思わなかった。お清、これを持ってくれ。

わけもわからずにお清は財布をつかまされた。

――いま、捕まるわけにはいかねえんだ。その気はなかったんだが、ついやっちまった。おれが悪いんじゃねえ、この手がこの指が動いちまったんだ。

そのとき、お清は鶴吉が掏摸だったということに、初めて気づいた。

——捕まったら、ただじゃすまねえだろう。おめえだったら軽い咎《とが》にしかならねえ。それに、落としたのを拾ったというんだ。いいな、わかったな。おれはこんなことをするつもりじゃなかったんだ。

早足になりながら、鶴吉はまくし立てるようにいって、お清をいつまでも待っている、きっと幸せにしてやるといった。

二人は逃げても無駄だと悟り、追ってきた町方に捕まった。

鶴吉は知らぬ存ぜぬをとおし、そのたびにお清に意味深な目を送ってきた。お清は鶴吉にいわれたとおり、旦那が落とした財布を拾ったが、つい魔が差して懐《ふところ》にしただけだといった。だが、それでは信用してもらえず、厳しく訊問されるうちに、

——わたしが掏りました。

と、認めたのだった。

お清が身代わりになって寄場に送られるとき、鶴吉は見送りに来てくれた。後ろ手に縛られたお清は役人に囲まれていたが、鶴吉は隙《すき》を見つけて、

——待っているからな。約束はきっと守る。

と、耳打ちするようにいってくれたのだった。

鶴吉の新居は永富町《ながとみちょう》三丁目だった。どんなところだろうと、鶴吉の引っ越し先が近づくにつれて、また鶴吉の元気な顔を思いだすたびに、胸が高鳴ってきた。

（きっと驚くだろうな）

と、思いもする。鶴吉はこんなに早く寄場から出られるとは思っていないはずだし、そのことも知らない。鶴吉の驚き喜ぶ顔が脳裏に浮かんでくる。

鶴吉の住む庄兵衛《しょうべえ》店《だな》は、近所の青物屋に聞いてすぐにわかった。

長屋の木戸口にはいると、ますます胸が高鳴った。裏道にある棟《むね》割《わ》り長屋だったが、日当たりのよい場所だった。奥の井戸までどぶ板がまっすぐ走っており、三人のおかみが井戸端で洗濯をしていた。

お清は一軒一軒をたしかめるように見ていった。四軒目の腰高障子《こしだかしょうじ》に、「指物《さしもの》鶴吉」という文字が走っていた。

（ここだ）

お清は一度、大きく息を吸って、閉まっている腰高障子を小さくたたき、「ごめんください」と声をかけた。返事はなかったが、足音がしてすぐに戸が開けられた。

四

がらりと戸が開いてあらわれたのは、女だった。お清は目をまるくして、二、三度まばたきをした。

「何かご用で……」

女はお歯黒を塗った二十四、五の年増で、どこか蓮《はす》っ葉な感じがした。

「あの、ここは鶴吉さんの家ですよね」

「そうですよ」

「木挽町から越してきたんですよね」

そういうと、相手はお清を品定めするように眺めてから、

「そうだけど、うちの亭主に何か用でも……」

といった。

お清は玄翁《げんのう》で頭を殴られたような気がした。目の前の女は、鶴吉のことを「うちの亭主」といったのだ。あまりの衝撃に、すぐにいうべき言葉が見つからなかった。

「仕事のことなら聞いておきますけど……」

女が言葉を重ね、怪訝《けげん》そうに首をかしげるが、その目には不快と敵意の色が感じられた。

「いえ、仕事ではないんですけど、あのぅ鶴吉さんはどこに……」

とたん、女の形相が変わった。

「いったいあんた何なんだい。うちの亭主を気安く鶴吉さんだなんて……。仕事の用事じゃないなら帰っておくれな。こっちは忙しい身なんだからね」

そういって女は戸を閉めようとしたが、すんでのところで、お清は戸に手をかけた。女の目が険しくなった。

「あの、鶴吉さんの行き先を教えてもらえませんか。会って話したいことがあるんです」

「なんで、見も知らない女に、亭主の行き先を教えなきゃならないのさ。いったいあんたは誰なんだい？　うちの亭主とどういう間柄なのさ」

お清は女の剣幕に気圧《けお》された。

「どうって……昔世話になったものです。どうしても話したいことがあるんです」

「なんの話があるのか知らないけど、出なおしておくれな」

鶴吉の女房はぴしゃんと、戸を閉めた。

お清は戸口の前に佇《たたず》んでいた。そこにあった希望が、あっさり断たれた気がした。

同時に、鶴吉に対して激しい憎悪がわいた。

唇を引き結んで嚙《か》み、閉められた戸を恨みがましい目でにらみつけると、ひとつ息を吐きだして長屋を出た。

(許せない。絶対に許さない)

お清は胸の内で吐き捨てると、

(嘘つき。大嘘つき。とんでもない男だった)

と、さらに呪詛《じゅそ》の言葉を重ねた。

お清は行き場を失ったように、彷徨《さまよ》い歩いた。すぐにはお定の家に行く気がしなかった。一度、両国広小路《りょうごくひろこうじ》まで出て、雑踏にまぎれた。

にぎやかな笛や太鼓や鉦《かね》の音、あちこちから聞こえる呼び込みの声や歓声、女たちの嬌声、わけのわからないどよめきに耳鳴りを覚えた。

広小路を抜けると、日本橋のほうに後戻りをした。そうしているうちに、胸の内にあった怒りと憎悪、そして裏切られたという衝撃が幾分収まってきた。

(どうしてくれようか……)

鶴吉も許せないが、さっきの女も許せなかった。

しかし、一度鶴吉と会う必要があると思った。会って、しっかり話をしなければならない。どういうわけで自分を裏切ったのか、どうして約束を違《たが》えたのか、身代わりになってやったというのに、あのときの言葉は嘘だったのか……。

(女……)

鶴吉の女房面《づら》している女の顔が脳裏に甦《よみがえ》った。

ひょっとしたら、鶴吉はあの女にたぶらかされて、騙《だま》されたのかもしれないと思いもする。蓮っ葉なものいいをする、感じの悪い女だった。

男を手玉に取る女かもしれない。鶴吉は騙されているんだ。お清は自分の都合のよいように考えようとするが、それでも憎しみは薄れなかった。

日が暮れはじめたころ、大川端の土手に座り込んで、対岸の町屋を眺めた。夕暮れのか弱い光に、大川の水面《みなも》が光っていた。

猪牙舟や空《から》の材木船が上り下りしていた。のろまな亀のように、川岸にすがるようにして上っていく屋根船があった。

そんなのんびりした風景を眺めているうちに、やはり鶴吉に会うべきだと思い、すっくと立ちあがった。

鶴吉の長屋のそばまで来たときには、薄闇が下りていた。日は沈み、西の空にうっすらとした光があるだけだった。だが、それも束の間のことで、長屋の路地に足を踏み入れたときには夜の暗さになっていた。

炊煙がただよい、戸口を開けた家のあかりが、路地にこぼれており、あちこちからいろんな声がしていた。

子供を叱るおかみの声、夫婦のやり取り、赤ん坊の泣き声……。

湯屋帰りらしい男が、湯桶を持って先の家に入っていった。お清は鶴吉の家の前で立ち止まった。戸は閉まっているが、あかりはある。話し声はしないが、さっきの女がいる気配があった。ひとりのようだ。

お清は長屋の入口を振り返った。鶴吉はまだ帰っていない。それなら表で待とうと、引き返した。

長屋を出たとたん、足を止めた。一方から歩いてくる男がいた。鶴吉だった。暗がりでも体つきからそうだとわかった。

　お清が佇んでいると、鶴吉が気づいた。ハッと驚いたように目を見開いて、立ち止まった。暗くても色白の鶴吉の顔はよくわかった。

「……おめえ」

　鶴吉は生つばを呑《の》んでつぶやいた。

「帰ってきたのよ」

「帰ってきたって……寄場からかい」

「そうよ。年季が早く明けて、今日帰ってきたばかりよ」

「ど、どうしてここが……」

「大家さんに教えてもらったの」

　鶴吉は慌てたようにきょろきょろしてから、さっとお清の手を取ると、一方の商家の軒下《のきした》に連れていった。

「待ってくれていたんでしょう」

　お清はまっすぐ鶴吉を見てつづけた。

「わたしを幸せにしてくれると約束したわよね。……わたし、鶴吉さんの身代わりになったんだから」

「いや、それはたしかに……」

「わたし帰るところがないの。鶴吉さんと同じ屋根の下で暮らせるのよね」

遮っていうと、鶴吉はあきらかに狼狽《ろうばい》した。

「何か都合が悪いの」

お清は自分で片意地の悪いことをいっていると感じたが、そうさせたのは鶴吉なのだからと、開きなおっていた。

「いや、都合が悪いっていうんじゃないが、今日はそのちょいとまずいんだ。人が来ることになっているし……」

「女といっしょなんでしょう」

ずばりといってやると、一瞬にして鶴吉の顔がこわばった。

「昼間会ったわ。いけ好かない女。……鶴吉さんのことを亭主だといっていたわ。あの人が鶴吉さんの女房なの？」

「いろいろわけがあってな」

「へえ、どんなわけよ。それじゃ、わたしにいったことは、わたしに約束したことは、どんなわけよ。ぜーんぶ嘘だったわけ。その場しのぎの出鱈目《でたらめ》だったわけ？」

お清はもっとなじりたいのに、いっているうちに感情が高ぶり、泣きたくなった。

「そんなことはない。だけど、いまはちょっとまずいんだ。そうだ、明日にでもまた会わねえか。そのときちゃんと話すから、悪いようにはしねえから、そうしてくれねえか」

「わたしには行くところがないのよ」

いまにも涙がこぼれそうな目を厳しくして、鶴吉をにらんだ。

「金を持っていけ。旅籠《はたご》ならいくらでもある」

鶴吉が忙《せわ》しく懐に手を入れて財布をつかみだしたとき、新たな声がした。

「あんた、何やってんのさ……」

そういって近づいてきたのは、昼間の女だった。キッとした目でお清をにらみつける。

「お秀《ひで》……この女はちょっとした昔の知り合いでな。ばったりそこで会ったんだ」

鶴吉は苦しいいいわけをして、無理な笑みを浮かべると、お秀にわからないように、

「それじゃまあ、そういうことで……。日本橋に夕七つ（午後四時）」

と、小さく耳打ちして財布をわたしてきた。

お清はわたされた財布を放り投げた。

鶴吉がはっとなった。お秀は地面の財布を見た。

「わたしゃ、ものもらいじゃないわよ。舐めたことするんじゃないよ！」

お清は自分でも驚くほどの啖呵《たんか》を切っていた。泣きたい感情はいつの間にか消え、腹立ちだけがあった。

「おめえ……」

「嘘つきッ」

お清は一言吐き捨てると、そのまますたすたと歩き去った。

期待は見事に裏切られた。自分の馬鹿さ加減が情けなかった。しかし、それよりも鶴吉に対する憎悪が腹のなかで渦巻いていた。歩いているうちに、さっきまでとはちがう考えが浮かんできた。

（償いをさせなきゃ……）

そうだ、そうしなければ自分は損をしただけの、可哀想でみじめな女で終わる。

（鶴吉にもあの女にも……）

詫《わ》びや謝罪はいらない、自分の受けた仕打ちの埋め合わせを、きっちりしてもらおうと決めた。

「わたしを馬鹿にして……いまに痛い目にあわせて見返してやる」

声に出していったお清は、にやりと口の端に笑みを浮かべた。

五

――お清が人足寄場から釈放されて三年の月日がたっていた。

もちろん、このことを知っているのは、ごくかぎられたものでしかない。

橋本町《はしもとちょう》一丁目の小さな家に、「よろず相談所」という看板を掲げている早乙女十内《さおとめじゅうない》も、知る由もない男だった。

その日十内は、近所に住まう久造《きゅうぞう》という隠居老人の依頼で、すすきを刈り集めていた。鎌ですすきを刈るたびに愚痴がこぼれる。

「どうしておれがこんなことしなきゃならねえんだ。まったく」

かがみ込んでの作業だから腰が痛くなっていた。

「くそっ」

体を起こして腰をたたき、額の汗を手の甲でぬぐう。

その身なりは、およそすすき刈りにはふさわしくない。銀鼠《ぎんねず》色の鮫小紋《さめこもん》の着流しに、縹《はなだ》色の羽織、そして帯は深紅だ。もっとも襷《たすき》をかけ、着物を尻端折《しりはしょ》りしているが。

それでも十内は、下男のような仕事を真面目にこなしていた。なにしろ、困りごとの相談を引き受けることを生業《なりわい》にしているからしかたがない。

依頼ごとは、人探し・道案内・遺失物の捜索などと多岐にわたる。だが、猫探しと犬探しは懲《こ》りているので引き受けないことにしている。

もちろん、すすき刈りなど受けたくない依頼である。断れなかったのは、依頼人の久造が江戸有数の蠟燭《ろうそく》問屋だからであるし、依頼金が破格だったからだ。すすき刈りだけで一両を出すというのだ。

腕のいい大工の手間賃が一日六百文だから、一日一両は割のいい収入である。それに、このところ手許不如意で、依頼仕事を断る手はなかった。

半日がかりで大川端のすすきを刈った十内は、大量のすすきの束を背負って大川端の土手をあとにした。

二本差しの侍が、それも派手な帯と着物を着た男が、すすきの山を背負って歩くので行き交うものたちが好奇の目を向けてきたり、立ち止まって見送ったりした。

(これも一両のためだ)

十内は恥を忍んで、久造の屋敷をめざした。

「ほうほうほう……」

十内が刈ってきたすすきを見た久造は、頰《ほお》をゆるめた。

「これでどうだい。満足ですか」

十内は首筋の汗をぬぐい、腕のあたりや背中をかいた。すすきの藪《やぶ》にいたせいか、体中のあちこちが痒《かゆ》くなっていた。

「いいすすきがある。やはり、あなたに頼んでよかった」

久造はすすきを一本一本手にとって、夕日にかざし見た。大きな穂が銀色に輝いている。

「なるべく大きな穂ということだったので、選り分けるのに難儀しましたよ」

「それだけの苦労はあったというもんです」

「それで、これをなんに使うんだい」

「活けるのですよ」

「活ける……すすきを……これを全部？」

「いやいや、活けるのは数本だ。いま選り分けるから、いらなくなったのはどこかに捨ててもらえますか」

「はあ……」

十内は縁側に腰をおろして、久造の作業を見守った。

裁着袴《たつつけばかま》に羽織、そして僧侶のような丸頭巾を被っている久造は、ずんぐりした小柄な年寄りだが、裸一貫から江戸有数の蠟燭問屋に成り上がった男である。苦労人にしては金離れのよい男で、いまは茶を趣味にしてのんびり暮らしている。

通油町《とおりあぶらちょう》に立派な店はあるが、元岩井町《もといわいちょう》に一軒の小さいながらも洒落《しゃれ》た家を構えていた。いま十内が座っている縁側の先には、剪定《せんてい》の行き届いた小庭があり、その片隅に茶室が建てられていた。

「これで十分だろう」

久造は選んだすすきを手にして、満足げだったが、十内は目をぱちくりさせた。

「これでって、たったそれだけ……」

久造が手にしたすすきは、十数本でしかなかった。

「そうです。これで茶室が引き立ちます。やはり、あなたはお目が高い。いいすすきを刈ってきてくださった。うちのものに頼んだら、おそらくこんないいすすきは刈れなかったはずです。いや、いい仕事をしていただきました」

褒められて悪い気はしないが、たった十数本しか必要なかったことに、十内はひどい徒労感を覚えた。

「最初からそういってくれれば、こんなに刈らなくてすんだのに……」

「いいものを選ぶときには無駄があるものです。残りは捨ててくださいますな」

十内はいらなくなったすすきの山を見て、うんざりしたが、手間賃の一両をもらうと、これも仕事だからと観念した。

不要のすすきを再び背負って家に持ち帰った十内は、庭に放り投げて、これをどうしようかと考えた。

「あら、早乙女ちゃん帰っているわよ」

声のほうを見ると、木戸門のそばに隣の長屋に住むお夕《ゆう》と由梨《ゆり》の姿があった。

「お夕、その〝ちゃん〟はやめてくれねえか」

「だって、服部《はっとり》の旦那はそう呼んでいるじゃない」

「けっ」

いやな名前をいわれた十内は、北町奉行所の定町廻《じょうまちまわ》り同心の顔を、思いだしたくもないのに思いだした。嫌みな同心なのだ。

「こんなにすすきを、どうしたの？」

由梨がぱっちりした大きな目を向けてくる。

「大川の土手で刈ってきたんだ」

「竈《かまど》の薪代わり」

「もう用がすんだからいらなくなった。おまえたち火をつけて芋でも焼いたらどうだ」

投げやりにいってやると、由梨とお夕はいい考えねと、感心顔をした。

「それで何か用か？」

「用があるから来たのよ。なんだかご機嫌斜めね。いやなことでもあったの？」

お夕が心配顔を向けてくる。胸のふくらみが大きく、胸許からのぞけそうになっている。

「いやなことはないさ。ちょっと疲れただけだ。それで用とはなんだ？」

「ここでは何だわ。ちゃんとお話ししますから、お茶でも淹《い》れましょう」

由梨は勝手知ったる他人の家よろしく、断りもなく十内の家に入った。いつものことなので十内は黙っている。茶の用意が調《ととの》う間、十内は着替えをして居間に移った。

玄関戸から西日が射し、影が長くなっている。狭い庭の木漏《こも》れ日も弱くなっていた。

（茶でなく、酒でもいいが……）

十内は翳《かげ》りゆく日の光を見てそう思ったが、由梨が茶を淹れてくれたので我慢する。

「なんだか変だな。妙にかしこまっているじゃないか」

茶に口をつけた十内は、由梨とお夕を見た。

「お別れです」

お夕がいった。

「は……」

「わたしたち帰ることにしたの」

由梨がいって、「ねえ」と、お夕と顔を見合わせる。

「帰るって、どこにだ？　田舎に帰るってことか……」

「そうです。早乙女さんにはたくさんお世話になったけど、もう江戸の暮らしには飽きました」

「ずいぶん悟ったようなことを……」

「ほんとうなの。わたしは祐斎《ゆうさい》先生の仕事にも疲れてきたの」

お夕は狩野《かのう》祐斎という絵師のひな型（モデル）仕事をしていた。ときにしどけない恰好《かっこう》をさせられ、色っぽい絵の対象物になっていたので、十内は心配することがあった。

「さようか……」

「わたしも軽業《かるわざ》をやめることにしたの」

由梨は両国広小路の曲芸師だった。天真爛漫な性格と軽業が受けて、なかなかの評判だった。

「それで、帰っちまうのか……」

騒がしい女たちだったが、その二人がいなくなると思うと、一抹の淋しさを覚える。

「それで、いつどこへ帰るんだ？」

十内は二人の故郷を知らなかった。あまり興味がないので聞いていなかったのだ。

「越後です」

お夕がいう。

「お夕ちゃんとわたし、近くの村だし、どうせならいっしょに帰ろうってことになってね。それに、雪が降らないうちに帰ったほうがいいの。雪が降れば、半年は帰れなくなってしまうの」

由梨の目がかすかに潤んでいるように見えた。

「そうだったか。それでいつ帰るんだ？」

「今月の晦日です」

十内は宙に視線を泳がせた。もう半月もない。

「それまで、これまでどおりよろしくお願いいたします」

お夕と由梨が揃《そろ》って頭を下げたので、十内は戸惑った。

「おいおい、いきなり殊勝になりやがって、いったいどうしたってんだ」

「どうもしないわ。いきなり、あばよじゃ失礼でしょ。だから前もって話をしているだけです。ねえ、由梨ちゃん」

「そっ、それで早乙女さん、帰る前に何か美味《おい》しいもの食べさせてね」

いつものように、由梨がにっこり微笑《ほほえ》んだ。

六

「あいつら何か魂胆があるんじゃゃ……」

お夕と由梨が帰っていくと、十内はごろりと横になって考えた。田舎に帰るのはいいにしても、このまま穏やかにすみそうな気がしない。何かと問題を持ち込んでくる女たちなのだ。

（こりゃあ、油断ならねえな）

十内は自分にいい聞かせながら、明日からのことを考えた。このところ、仕事の依頼が少ない。このまま仕事がなかったら干からびてしまう。金がなくなったからといって、実家に無心になど行けないし、ここは考えどきだった。

十内はやおら起きあがると、夕餉《ゆうげ》をどうしようか考えた。作るのは面倒である。懐には大枚一両がある。ここしばらく表で飲み食いするのを控えていたが、たまにはいいだろうと太っ腹になった。

「よし、あの蕎麦《そば》屋へ……」

その気になって土間に下り、雪駄《せった》を突っかけたとき、玄関の戸がたたかれた。

「ごめんやす。早乙女の旦那いますか？」

「開いてる。入れ」

応じると、戸ががらりと開き、男が入ってきた。

「あ、おまえは……」

十内は意外に思った。北町の同心・服部洋之助《ようのすけ》に金魚の糞《ふん》のようにくっついて歩いている、岡っ引き・松五郎《まつごろう》の手下だった。名を今助《いますけ》という。

「めずらしいな。どうした？」

「へえ、ちょいと頼まれてもらいたいことがあるんです。いえ、あっしは相談を受けただけなんですが、うちの親分はそんなことはやらないし、服部の旦那の助ばたらきが忙しいんで断れというんですが、どうにも断るに断り切れなくなりましてね」

「なんだ、ちっとも要領を得ねえが、どういうことだ？」

「へえ、いま詳しく話します」

「長い話じゃなけりゃ表で聞こう。そばを食いに出かけるところだったんだ」

「それじゃごいっしょに……」

十内は今助を伴って家を出た。

外はすっかり暮れており、風も冷たくなっていた。だが、月あかりと星あかりで、提灯《ちょうちん》を持たずとも歩けるあかるさがあった。

「いい蕎麦屋があるんだ。二月ほど前にできた店でな。これがなかなか腰のあるいいそばを打つし、つゆも上々出来で申し分ない。添える天麩羅《てんぷら》も揚げ方が上手なんだ」

「へえ、そりゃ楽しみです」

「それで頼みごととはなんだ?」

十内は歩きながら今助を見下ろす。今助は、出目で出っ歯の小男だ。十内とは五寸ほどの身長差があった。

「あっさりいっちまえば用心棒です」

「用心棒だと」

これまでそんなことは頼まれたことがないので、にわかに驚いた。

「それで誰の用心棒をやれってんだ。まさか盗人ややくざじゃねえだろうな。そんなことなら、願い下げだ」

「そうじゃありません。頼んでいるのは、立派な御武家様です」

「武家の用心棒だと」

十内はますます驚いた。

「旦那は神道無念流《しんとうむねんりゅう》の免許持ちで、腕っ節も強いって聞いてます」

「誰がそんなことをいった?」

「親分です。親分には断れといわれましたが、早乙女の旦那だったら引き受けるかもしれないと……」

「なるほど、そういうわけでおれのところへ……。ま、いい、店はすぐそこだ。そばでも食いながら聞こう」

その蕎麦屋は緑橋の北詰、通塩町《とおりしおちょう》の角地にあった。店の名は「あずさ屋」といって、若夫婦二人で切りまわしていた。

若いといっても亭主は二十代後半の年ごろで、女房は二十代半ばと思われる。女房は大柄で、亭主はころころした小太りだった。

十内は天麩羅そばを注文し、酒を一本つけてもらった。今助は遠慮してかけそばである。十内が奢《おご》るからといっても、そんなことをしたら叱られるという。

「叱るのは松五郎か」

十内は松五郎の顔を思いだしていう。十内に対して「乞食侍」と、口にしてはばからない岡っ引きだ。

「へえ」

「おれに飯を奢られちゃ、てめえの顔が立たないとでもいってるんだろう。それぐらいのことはいいそうなやつだ。それで相談の件だが……」

酒が届いたので、十内はちびちびやりだした。

今助の話はこうだった。本所林町《ほんじょはやしちょう》に近藤友次郎《こんどうともじろう》という貧乏旗本がいるが、これがいま町のごろつきに脅されているという。友次郎は再三追い払うが、相手はしつくつきまとったり、いやがらせを繰り返したりで、始末に負えなくなった。

業を煮やした友次郎が、刀を抜いて追い払ったら、今度はもっと質《たち》の悪いごろつきが来て手を焼いているという。曲がりなりにも旗本なので、町奉行所やお上に訴えるのは恥ずかしいし、武家の面子《メンツ》が立たない。そこで用心棒を雇おうということになったが、なかなか適当な人間が見つからないで困っているらしい。

「それで松五郎に話がいったってわけか」

「さようで。どこで聞いたのか知りませんが、松五郎親分の腕っ節が並でないと聞いているらしいんです」

「ふむ、それでその近藤友次郎殿は、何故脅されたりなど……」

「その詳しいことは、近藤様が直接話されるそうなので、あっしにも詳しいことはわからないんです」

「おまえは聞いちゃいないってわけか。それで相手はどこのごろつきだ？」

「おそらく近藤様のお屋敷の近所の連中だと思うんですが、それもあっしには

「……」

わからないと今助は首を振る。

「おまえはその近藤殿と知り合いなのか？」

「いえ、あっしは相談を受けただけでして……」

おそらく今助は相談の仲介料をもらっているのだろう。そのために、十内を訪ねてきたのだ。十内はそう推量したが、おそらくあたっているはずだ。

そばが運ばれてきたので、十内と今助はしばらく食べることに専念した。麺は腰があり、茹《ゆ》で加減も絶妙だった。さらに、そばつゆが甘すぎず辛すぎず、十内の口にぴったりなのだ。今助も、これはうまいと絶賛した。

「こんなうまいそばは、これまで食ったことがありませんよ」

と、言葉を添え足すほどだった。

褒められても、店の女房はにこりともしなかった。亭主は板場で、煙草《たばこ》をくゆらしてあらぬほうを見て考え事をしている。

「それでおれは明日、その近藤殿の屋敷を訪ねればいいのだな」

「へい、やってもらえるんですね」

十内が引き受けたので、今助はほっと安心した顔で目を輝かせ、

「ここの払いはあっしがやります」

と、気前もいい。やはり、仲介手数料をもらっているのだろう。

「それじゃ言葉に甘えるぜ」

十内がそういったときだった。

表から女の悲鳴らしき声が聞こえてきた。つづいて、刀同士がぶつかる音も聞こえた。

何事だと、十内が店の戸を開けたとき、ひとりの侍が脱兎《だっと》のごとく駆け去って行くのが見えた。そして、すぐそばの地面に、男女が折り重なるように倒れていた。

第二章　貧乏旗本

一

十内は倒れている男女に駆けよると、

「おい、大丈夫か」

と声をかけた。男はすでに死んでいたが、女にはかすかに息があった。うつろな目で十内を見ると、

「……た、たが……たが……」

と、いって事切れた。

しっかりしろといっても、女は二度と返事をしなかった。

「今助、番屋に知らせるんだ。おれはあいつを追う」

十内は遠ざかるひとりの侍の背中を見て駆けだした。逃げる人殺しは通油町を過ぎると、左におれて大門通《おおもんどお》りに入った。

十内は、力いっぱい腕を振って追いかける。相手が左に切れ込んで見えなくなった。逃げる侍は着流しである。不逞《ふてい》の浪人かもしれない。このところ、出自のわからない無宿の浪人が増えているとよく耳にする。

十内は人殺しが切れ込んだ角を曲がって大門通りに駆け込んだが、そこで足を止めた。どこにも姿が見えないのだ。路地から出てきた町人がいれば、居酒屋に入る男女がいる。

遠くに視線を投げても、慌てふためいて逃げる人間の姿はなかった。通りはいたって穏やかだった。それでも十内は歩きながら、路地に目を凝らし、気になる侍の入った店の暖簾《のれん》をはねあげて店内をのぞいたが、さっきの男はいなかった。

しかたなくあずさ屋の前に戻ると、斬られた男女のそばに、自身番《じしんばん》詰めの町役と野次馬がたかっていた。

「どうでした？」

今助が声をかけてきた。

「逃げられた」

十内は応じてから、死体のそばにしゃがみ、自身番のものたちに顔を向けた。

「持ち物はあらためたか？」

「いえ」

と、髷《まげ》のうすい町役が首を振り、この辺では見かけない顔だといった。十内は男女の持ち物をあらためた。

「物盗《と》りじゃねえな」

二人は財布を持っていたし、懐をあさられた形跡もなかった。

「辻斬りでしょうか……」

今助がそばにしゃがんでいう。

「そりゃどうかな。とにかく死体をここに置いておくわけにはいかねえだろう」

十内は自身番のものたちを見あげた。

男女の死体は、通塩町の自身番脇に筵がけをして置かれた。男は一本差しの浪人ふうで、年のころは三十前後と思われた。女はそれより二つ三つ若く、どことなくすれた印象を受けた。商売女かもしれないと、十内は思ったが、女が事切れる前に口にした言葉が気になった。

女は「たが……たが」といった。いったいどういう意味なのかわからない。

自身番の書役《かきやく》の差配で、付近住民に殺された男女の知り合いがいないか調べられたが、身許はわからなかった。半刻《はんとき》（一時間）ほどして、知らせを受けた仁杉又兵衛《にすぎまたべえ》がやってきた。

「なんだ、おぬしがいるのか」

と、十内を見るなりいった。

「おれが見つけたんです。というより、見たんです」

十内が応じると、又兵衛が話せという。十内は見たありのままのことを話した。

今助も隣で相槌《あいづち》を打っていた。

又兵衛は服部洋之助の先輩同心である。恰幅《かっぷく》のいい男で、頑丈そうな顎《あご》を持つ。

その顎をなでながら、

「すると、おまえはこの二人が斬られるのを見たわけではないってことか……」

と、思案顔をする。

「蕎麦屋から出たときには折り重なって倒れていましたからね。下手人《げしゅにん》を追ったんですが、見失いまして……」

「とにかく聞き込みをしなきゃならねえ。手伝ってくれるか」

いやだとはいえないので、十内は付き合うことにした。

しかし、その夜、わかったことは何もなかった。


「恋のもつれ……」

翌朝、遊びに来たお夕が、そんなことをいう。昨夜の事件の話を、十内から聞いての感想だった。

「おもしろいこといいやがる」

「ないとはいえないでしょう。下手人は斬った女にホの字だったけど、相手には男がいた。だから焼き餅を焼いて……可愛いと思っていたけど、憎くなって二人とも殺してしまったと。そんなこともあるでしょう」

「まあ、ないとはいえないが、どうだろう……」

「それで町方の旦那の調べを手伝わなくていいの」

「おれの仕事じゃない。町方の役目だ」

「そりゃそうね。それでそのお蕎麦屋さんって、美味しいの？」

「うまいから行くんだ。だが、昨夜はそのうまいそばの味を、ゆっくり楽しむことができなかった」

「だったらわたしを連れてってよ」

お夕は膝《ひざ》をすって近寄ってくると、十内の腕にしがみつくようにしてすりすりする。胸のふくらみが十内の腕にあたる。ひょいと見れば、白くてむっちりとした大きな乳房がのぞけそうになっている。

「今度連れて行ってやる」

「今度とお化けは出たことないっていうけど、約束よ。きゃ！」

お夕の悲鳴は、十内が尻を触ったからだ。

「すけべッ」

頬をふくらますお夕だが、心底怒っているふうではない。どちらかというと喜んでいる目をしている。

「おまえの尻に触れるのも今月いっぱいだ。けちるな」

十内はそういって腰をあげた。

「出かけるの？」

「ああ、仕事がある。おまえはいいのか……」

「わたしは午後からだからのんびりよ」

「さようか」

お夕と家の前で別れた十内は、昨夜今助から受けた相談に乗ることにしていた。用心棒をほしがっている近藤友次郎という旗本は本所だから、昨夜の事件現場の様子を見ていくことにした。

二

橋本町の自宅を出た十内は、浜町堀《はまちょうぼり》に沿って下ってゆく。風は冷たいが、天気がよいので日なたに出るとさほど寒さは感じない。枯れ葉を浮かべた堀の水面も、あかるい秋の日に照り輝いていた。

通塩町と通油町をつなぐ緑橋を、職人や商人、それに勤番侍などが行き交っていた。昨夜おぞましいことがあったというのに、男女の倒れていたあたりにはのどかな空気が流れている。

すぐそばのあずさ屋を見ると、暖簾はあがっていないものの、戸が開けられて、亭主が開店の支度にかかっていた。十内が立ち去ろうとすると、蕎麦屋の女房が一方から歩いてきて、「あら」と、驚いたような顔で立ち止まり、軽く会釈をした。

「昨夜は大変だったな」

十内が気さくに声をかけると、「ええ」と短く応じて、

「いつもご贔屓《ひいき》にありがとうございます」

という。人見知りなのか、目を伏せる。

「その後何かわかったことはないか？　町方の聞き込みもあったと思うが……」

「へえ、今朝も早くから見えましたが、わたしたちには何もわからないことですし、ただ驚いているだけです。怖いことは勘弁です」

「もっともだ。あんた、名は何というんだい。おっと、おれは橋本町でしがない商売をやっている早乙女十内というんだが、おまえさんの店のそばをいたく気に入っていてな」

「ありがとう存じます。わたしはみおと申します」

「みお……いい名だ。亭主は？」

「正兵衛《しょうべえ》です」

「おれのことお見知りおき願うぜ。昨夜の二人だが、まさか知り合いじゃないだろうな」

みおは一瞬、驚いたように目をみはって、

「知っているならとうに話していますよ」

と、無表情でいう。

「そりゃそうだろう。いや、悪気はなかったんだ。勘弁してくれ。すぐ店の前で起きたことだから気になったまでだ。では……」

十内はそのままみおに背を向けた。あらためて大きな女だと思った。背の高い十内とそう変わらないのだ。肉づきもいいので、並の男と相撲を取っても勝てるのではないかと思う。それに引き替え亭主の正兵衛は、小柄でちんまりした頼りない体つきだ。

破《わ》れ鍋に綴《と》じ蓋《ぶた》というが、ああいう夫婦も世の中にはいるものだと妙に感心する。

近藤友次郎の屋敷は、本所林町三丁目にあった。旗本にしては、二百坪あるかないかの小さな屋敷だった。

応対に出てきた中間《ちゅうげん》に、小網町《こあみちょう》の今助の紹介できた旨を告げると、すぐに客座敷に通された。中間が茶を持ってきてしばらく待たされた。

縁側の向こうに小庭があるが、あまり手入れは行き届いていなかった。松の剪定はされていないし、楓《かえで》や小笹の枯れ葉が庭に広がっていた。

茶に口をつけたところで、近藤友次郎があらわれた。風采のあがらない四十前後の中年男だ。しぶい色の米絣を楽に着流しているが、折り目はなくよれていた。だが、きりっとした口許が旗本の威厳をかろうじて保っていた。

「そなたが……」

「早乙女十内と申します」

「腕っ節はたしかであろうな」

「幼きころより神道無念流をたしなんでおります」

免許持ちかと聞かれたので、十内はうなずいた。

「出自は……」

いやなことを聞かれた。もっとも相手にとっては気になるところだろうから、黙っているわけにはいかない。

「食えない御家人の家に生まれまして、いまは浪人の身分です。橋本町でよろず相談所なるものをやり、糊口《ここう》をしのいでいます」

まさか父親が表右筆組頭《おもてゆうひっくみがしら》で、兄・伊織《いおり》も立派な幕臣だなどとはいえない。

「よかろう。そなたを見込んで頼みたい」

「用心棒と聞いておりますが、何故脅されるようなことに……そして、その相手とは？」

十内はちゃんと侍言葉を使って、昨夜からの疑問を口にした。

「もっともなことだ」

友次郎は茶に口をつけてから答えた。

いやがらせを受けるきっかけは、友次郎の馬がうるさく吠え立てる犬を蹴ったことにあった。竪川《たてかわ》沿いの河岸道のことで、蹴られた犬はそのまま川に落ちて死んでしまった。

「三月ほど前のことだが、あまりにもしつこく吠えて近づく犬に、馬が驚いて蹴ったのだ。あのような犬を野放しにしているほうが悪いので、当方に非はなかった。だが、わたしも死んでしまった犬を可哀想だと思い、形ばかりの詫びをしたのだが、相手はそのことが気に入らなかったらしい」

「それで、いやがらせを……」

「近ごろの町人は武士を恐れぬ。あまりうるさくいうので、権高《けんだか》に出れば、開きなおって罵声《ばせい》を浴びせてくる始末だ。庭にごみを投げ入れ、玄関口に犬の糞を積む。通りを歩けば、どこからともなく小石が飛んでくる。おまけにわたしの腑甲斐《ふがい》なさやありもしない悪口を触れまわる。このまま黙っていては武士の名折れ、小普請入りをしているとはいえ、これでも立派な旗本だ」

「町人とおっしゃいましたが、質の悪い相手というのはそうなのですか……」

「町人といっても遊び人だ。何をして生計を立てているのか知らぬが、考えれば考えるほどに腹が立つ。どうせよからぬことしかしていない不行跡《ふぎょうせき》ものだろう」

「相手のことはわかっているのですね」

「むろんわかっておる。だが、無用にかかわれば、そやつは逆に楽しむ節がある。それゆえ、なるべく知らぬ存ぜぬの体《てい》を装っているのだが、どうにもな……」

友次郎は歯軋《はぎし》りをするように顔をしかめ、かためた拳《こぶし》を膝に打ちつけた。

「体面があるゆえ、あまり手荒なことはしたくない。へたにこっちから仕掛ければ、とんだ落とし穴にはまるかもしれぬ。かといって、あやつらを野放しにしておくのも癪《しゃく》に障るのだ」

「つまり、用心棒というより、そのごろつきどもを黙らせればよいのですね」

「いかにもさようである。やってくれるか」

「お困りの殿様の願いです。断れはしません」

「よかった。では、中間の小五郎《こごろう》に詳しく教えてもらうとよい」

友次郎が手をたたくと、隣の間に控えていたさっきの中間があらわれた。

「小五郎、早乙女殿が引き受けてくださるそうだ。あとのことはおまえから頼む」

「承知いたしました」

小五郎が返事をすると、友次郎はそのまま部屋を出ていった。

「では早乙女様、早速ですが町へ出ましょうか」

小五郎が体ごと顔を向けていった。

三

「屋敷には人が少ないようだが、雇っている若党はいないのか？」

十内は表の河岸道に出てから訊《たず》ねた。友次郎の屋敷がなんとなく閑散としていたのが気になっていたのだ。

「殿様が小普請入りをされたのは一年前です。そのころ、奥様が急病でお亡くなりになり、人手がいらなくなりまして、いまはわたしとおたよという飯炊き女だけです。お役がまわってくれれば、また雇われるのでしょうが、いまはわたしとおたよで間に合っておりますので……」

「子は？」

「恵まれませんで……」

十内はなんとなく友次郎を不憫《ふびん》に思った。

「小普請入りをする前はどこにおられたのだ？」

「御書院番《ごしょいんばん》でございました。ご実家のほうも御書院番なのですが、どういうわけか小普請入りとなりまして……お上のことはよくわかりません」

小普請入りをすれば役料がなくなるので、家禄だけの収入となる。友次郎にいかほどの家禄があるのかわからないが、屋敷の様子を見るかぎり決して多くはないようだ。

友次郎が自ら厄介なごろつき退治をしないことがなんとなく、十内に読めてきた。おそらく、友次郎にとってはいまが大事なときなのだろう。無役を脱して、役目に就けば出世の道も拓《ひら》けるし、収入も増える。そのためには、つまらないことでしくじりたくないという思いがあるのかもしれない。

「その橋をわたりましょう」

小五郎は二ツ目之橋をわたって、すぐの茶店に立ち寄った。目の前は本所相生《あいおい》町《ちょう》の河岸道だ。

「ここにいれば、相手があらわれるのか？」

十内は干し柿のようにしわの多い小五郎を見る。

「それはわかりません。相手の犬が蹴られたのがここでした。殿様は非がないとわかっていても、死んだ犬のことを可哀想に思い、飼っていた馬を手放されてもいます。いまにも噛みつきそうな勢いで吠え立ててきた犬が悪かったといっても、所詮《しょせん》獣同士のことですからね。殿様の誠意をわからない相手は、馬鹿としかいいようがありません」

小五郎はずるっと茶をすすって、鼻をかんだ。

「話からすると相手はひとりではなさそうだな」

「犬の飼い主は、丹治《たんじ》という男ですが、仲間がいます」

「遊び人か？」

「元は職人だったのでしょうが、賭場に出入りしたり、やくざの使いっ走りをしているようなものばかりです。丹治にはそんな取り巻きが四、五人います。殿様を見かけると犬殺しだとか暴れ馬持ちなどと罵《のの》しってきます」

「どうしようもねえやつらだ」

十内は話を聞いているだけで、腹が立ってきた。

「ですが早乙女様、できれば穏便にことをすませたいのです。へたをすれば殿様の出世にひびきかねませんから」

やはり友次郎は早く無役を抜けだしたいのだ。

「承知した。殿様に迷惑のかからないように、うまくはからおう」

「お願いいたします」

そのまま小半刻ほど、茶を飲みながら茶店の床几《しょうぎ》で時間をつぶしたが、丹治というごろつきはあらわれなかった。

「丹治の住まいはわかっているのか？」

「それがいまはどこに住んでいるのかわかりません。噂では仲間の家を転々としているとかで……」

二人はそれから両国東広小路に場所を変えた。丹治らはこのあたりを縄張りにしているらしい。

広小路には筵がけの見世物小屋や講釈場、船宿、床屋などが目立つ。軽業や大道芸人たちは両国西広小路で稼いでいるが、こちらは眉唾物《まゆつばもの》の押し売りが多いし、女郎を抱える水茶屋もある。当然、柄の悪いはみ出しものも少なくない。

昼近くになったころだった。小五郎が肘《ひじ》を引っ張って、一方を目で示した。垢離場《こりば》のほうから四人の男たちが、肩で風を切るようにしてやってくる。秋の風は冷たいのに、意気がって胸を広げ、揃ったようにがに股だ。

「あの右から二番目の男が丹治です」

十内は丹治を凝視した。通行人をひやかしたり、町娘に色目を使って、おもしろがっては笑っている。仲間がそれに追従《ついしょう》を浮かべる。

丹治は二十三、四だろうか。中肉中背で色白だ。鼻筋の通った顔立ちである。切れ長の目が意地悪そうだ。取り巻きの仲間も同じような年恰好だった。

「小五郎、おまえは帰っていいぞ。やつらに顔を知られているのなら、おれといっしょのところを見られないほうがいい」

「まさか、いま話をするというのでは……」

「懸念するな。今日はやつらのことを見るだけだ。どうするかはそれから考える」

「くれぐれも穏やかにお願いいたします」

小五郎はそう頼むが、穏やかにすませられるかどうかは、相手の出方次第だと十内は思う。小五郎は丹治らに見られないように人込みにまぎれて帰っていった。

十内は丹治らを目で追い、ゆっくり立ちあがった。コキッと首の骨を鳴らして、水茶屋の前で女をからかっている丹治らに近づいていった。

十内は丹治らに気取《けど》られないところまで来ると、飴《あめ》売りの屋台の陰から様子を窺《うかが》った。水茶屋を離れた丹治らは、胡散《うさん》臭い見世物小屋の前で呼び込みをからかい、そのあとで大橋をわたっていった。十内はあとを尾《つ》ける。

丹治らは無警戒である。尾行は造作なかったし、相手は十内のことを知らない。

両国西広小路のにぎやかさと華やかさは江戸一番といってもいいだろうが、彼らは関心がないのか、それとも行き先が決まっているのか、そのまま広小路の雑踏を素通りして、柳原土手《やなぎはらどて》道を進んだ。十内もあとを追う。何度か丹治の仲間と目があったが、構うことはなかった。

ところが、新シ橋の手前の土手で丹治らが足を止めて、振り返った。十内はここで立ち止まったら変に思われると思い、そのまま何食わぬ顔で歩きつづけ、丹治らの横を通りすぎた。

「待ちなよ、そこの派手なお侍」

背後から声がかかった。十内は足を止めて、ゆっくり振り返った。

「派手な侍というのは、おれのことか……」

「おう、そうよ」

丹治が肩を揺すって一歩進み出てきた。

四

秋の日射しを受けた丹治の色白の顔が際立っている。切れ長の目には人を恐れない光があるし、赤くぬめった唇は見るからに酷薄そうだ。

「なにか用でも……」

十内は喉《のど》のあたりを指先でかきながら、丹治と他の取り巻きを眺めた。どいつもこいつも一癖ありそうなものばかりだ。

「他に誰かいるか？　おめえ、大橋のあたりからおれたちのあとをついてきやがったな」

気づいていたのかと、十内は内心で驚いた。

しかし、両国東広小路にいたことは知らないようだ。すると、小五郎にも気づいていなかったはずだ。

「妙なことをいう。おれはこの先に用があるだけだ。たまたまおまえたちの行く方角と同じだったのだろう」

ペッと、丹治は地面につばを吐いた。それから十内をにらむように見てくる。

「派手な帯をしてやがる。洒落者のつもりだろうが、似合ってねえぜ」

「余計なお世話だ。ついでだからおまえさんの名でも聞いておこうか。見たところ、その辺の与太者だろうが、威勢だけはよさそうだ」

「なにをッ」

丹治は拳をかためて気色《けしき》ばんだ。丹治の仲間も腕をまくったり、足を一歩踏みだし、裾をまくったりした。十内は余裕の笑みを浮かべる。

「やいやい、人にものを訊ねるときゃ、てめえから名乗るのが筋ってもんだ。それにおれのことを与太者よばわりなんかしやがって、喧嘩売ろうっていうんなら、喜んで買ってやるぜ」

「まあまあ、落ち着け。喧嘩は勘弁だ。おれは……」

十内は神田川の岸辺を眺めた。風にそよぐ柳に、すすきの穂、そしてひねこびた枯れ木があった。

「風柳十内と申す。それでおまえの名は?」

十内は思いつきの名を口にして、丹治を眺める。

「牢裏の丹治だ。覚えておきやがれ」

「牢裏……」

「おう、回向院《えこういん》そばの郡代牢屋敷は知ってるだろう。おりゃァ、その裏で生まれたんだ」

「なるほど。すると、生まれながらに牢屋と縁があるってわけだ。せいぜい気をつけることだ」

くるっと十内は背を向けて歩きだした。

今日は顔を確認するだけでよかった。ところが、またもや丹治が声をかけてきた。

十内は再び立ち止まって振り返った。

「見たところ浪人のようだが、食いはぐれてるなら面倒見てもいいぜ」

「ほう、おもしろいことをいいやがる。与太者の分際で人の面倒を見るってえのか。それにおまえは、侍相手にいつもそんなでけえ口を利くのか」

丹治の横柄さには自信があった。十内はそれが解せなかった。

「ふん、侍が怖くって生きていられるか。どいつもこいつも刀を差しているだけで、ろくに扱いもできねえ野郎ばかりだ。だいたいが侍ッてやつァ、お上に米搗き飛蝗《ばった》のようにへえこらと頭を下げるだけで、貧乏な暮らしをしている町のものにゃ目もくれねえ。刀を差して威張って、てめえさえよけりゃいいって思ってるだけじゃねえか」

一理ある言葉だ。

「感心なことをぬかす。だが、侍のみんながみんな、そうだとはかぎらねえ」

「わかるもんか。人間誰でもてめえが一番大事だからよ。てめえだってそうだろう」

「ふむ……」

十内は空から声を降らしている鳶《とび》を眺めて考えた。この男、ただ単に生意気なだけではないようだ。

「面倒を見るといったが、何かいい仕事でも世話をしてくれるというのか？」

「おめえさん次第だが、まあ、おめえさんは見ず知らずの赤の他人だ。容易《たやす》く世話はできねえさ。第一信用がねえ。酔狂なのかはったりなのか知らねえが、その派手な身なりが気にくわねえ」

「これはおれの好みだ。おまえにあれこれいわれる筋合いはない」

「まあ、縁がありゃまた会うだろう。おい、行こうぜ」

丹治は顎をしゃくって仲間をうながした。

彼らはにらみを利かせたまま、十内の横を通っていった。しかし、今度は十内が呼び止める番だった。

「待て、牢裏の丹治とやら……」

丹治らは立ち止まると一斉に振り返った。

「なんだ？」

「おまえはどこぞの親分の世話にでもなっているのか。後ろに誰かいるのだろう」

世話をするといったり、横柄な態度にはきっと背後に誰かいるはずだと、十内は思った。

丹治は短く考えてから口を開いた。

「たがめの文五郎《ぶんごろう》さんがおれの親分だ。男の中の男だ。知らねえなら、名前ぐらい覚えておいても損はねえぜ」

丹治は今度こそ去っていった。

土手道を下りると、そのまま新シ橋をわたり、佐久間《さくま》町《ちょう》の町屋に消えていった。

（あれじゃ、近藤の殿様が手を焼くのも無理はない）

十内はそう思って柳原通りに出た。

（たがめの文五郎……。やくざか……）

心中でつぶやいたとき、ハッと目をみはって立ち止まった。

あずさ屋の前で斬られた二人の男女がいた。女は死の間際に、

――た、たが……たが……。

といった。

ひょっとすると、たがめの文五郎のことだったのでは。

そう思った十内は急ぎ足で新シ橋まで引き返したが、もう丹治らの姿はどこにもなかった。

五

翌朝のことだった。

すでに日は昇り、とっくに朝五つ（午前八時）は過ぎていた。

寝坊した十内が茶漬けをすすり込んで、湯呑みを手にしたとき、玄関でいがらっぽい咳が聞こえてきて、

「早乙女ちゃん、いるかい」

と、聞き慣れた声がした。

十内は顔をしかめて、「開いてる、勝手に入れ」と声を返した。

がらりと戸が開き、北町奉行所の定町廻り同心・服部洋之助が、十手《じって》で肩をたたきながら入ってきた。遅れて、金魚の糞のように付きしたがっている松五郎も入ってきた。

「相変わらず礼儀を知らねえ口を利きやがって……」

松五郎がにらんでくる。小網町の岡っ引きで、今助を手先に使っている男だ。十内は無視して、上がり框《かまち》に腰をおろした洋之助を見る。

「ずいぶん早いじゃないか」

「おまえさん、緑橋のそばで殺しがあったとき、近くの蕎麦屋にいたらしいな」

洋之助は挨拶抜きで話しかけてくる。

「そのことだったら、仁杉の旦那に話した」

「そうよ。仁杉さんがおれに助を頼んできたんだ。おれが一仕事片づけて手が空いたから手伝ってくれとな。それで話を聞きゃ、早乙女ちゃんが真っ先にその件を見た男だというじゃねえか」

「ああ、そうだ。だが、見たこと聞いたことは何もかも仁杉さんに話してある。それに今助も知っているはずだ」

十内は洋之助から松五郎に視線を移していった。

「もう一度教えてくれ」

洋之助はにべもなくいう。

十内はため息をついた。そして、洋之助を眺める。色白で面長、額が広く、口の端ににやついた笑みを浮かべている。

「面倒だが……」

といって、十内はもう一度見たこと聞いたことを話した。だが、その途中で、丹治から昨日聞いた「たがめの文五郎」のことは口にしなかった。教えてもよかったのだが、相手が洋之助だと、どうしても出し惜しみしたくなる。

洋之助は手柄をほしがるだけでなく、率先してほうぼうの商家や職人頭などに、都合のよい口実をつけて袖《そで》の下を要求する男である。決して身ぎれいな町方ではない。

「逃げた侍の顔は見ちゃいないのか？　早乙女ちゃんは、今助より早く蕎麦屋から表に出ていたんだ」

洋之助がじっと見てくる。

「顔を覚えていればとっくに教えている」

「さようか……」

洋之助は十手で肩をたたくのをやめて、腰に差した。

「殺された男と女の身許はまだわからないのか？」

「わかってりゃ苦労しねえさ。いま必死に調べている最中だ。ところで、旗本の用心棒を請け負ったらしいな」

今助を使っているのは松五郎だし、その松五郎を使っているのが洋之助だから、そのことを知っていても不思議はない。

「用心棒というより、相談相手だ」

「うまいことをいいやがる。まあいい。手が空いているときでいいから、下手人のことや殺された男や女について、何かわかったことがあったら教えてくれ」

「心得ておく」

十内が応じると、洋之助と松五郎は出ていった。

「旦那、ここはいつ来ても茶も出ませんね」

という松五郎の声が聞こえた。それに洋之助が答える。

「嫁の来てのない男だからしかたあるめえ」

十内は、余計なお世話だと吐き捨てて、着替えにかかった。

近藤友次郎にもう一度会わなければならない。昨日は肝腎《かんじん》な報酬の話をしていなかったし、もう少し友次郎の人となりも知りたかった。

近藤家の門を入ると、庭で草むしりをしていた女がいた。おたよという飯炊き女だ。十内に気づくと、立ちあがってちょこなんと挨拶をした。

「殿様はいらっしゃるか？」

「はい、おられます」

その声に気づいた中間の小五郎が土間奥からあらわれた。

「これは早乙女様、昨日はあのあとどうなりました。心配していたんでございます」

「顔をたしかめただけだ。殿様は……」

「座敷にいらっしゃいます。どうぞ」

友次郎は書見台に本を置いて読書中だった。十内が座敷に入ると、ゆっくり振り返って、

「冷えてきたな。表より家のなかが寒い。そろそろ火鉢に火を入れる時季だ」

と、他愛ないことを口にして、丹治の顔を覚えてくれたようだなといった。

「覚えただけでなく、話をしました」

「なに……」

友次郎は眉を大きく動かした。

「ご懸念無用です。先方から話しかけてきたので、立ち話をしただけです。どうやらわたしのこの身なりが派手なので、おもしろがったようです」

十内は自分の深紅の帯をたたいて微笑んだ。

「まさか、わたしに雇われていると……」

「いえいえ、そのことは一切口にしておりません。これからどうやって躾《しっ》けてやろうかと考えているところです」

十内は友次郎を遮るように手を振っていった。

「さようか……。わたしは卑怯な手を使ったと思われたくないからな」

「それで昨日、聞き忘れたことがあるのですが、うまく丹治をおとなしくさせることができれば、いかほどの報酬をいただけるのでしょうか」

遠慮がちに聞くと、

「申しわけなかった。わたしもそのことを伝え忘れて、気にしておったのだ。報酬は五両でどうだろうか……」

と、友次郎も遠慮がちな顔を向けてきた。十内は考えた。だが、とくに相場はないので、

「承知いたしました」

と、引き受けた。

「いくつかお訊ねしたいことがあります」

「なんなりと……」

友次郎は書見台を脇にどけて、おたよが運んできた茶を受け取った。十内も茶を受け取り口をつけた。

「たがめの文五郎という男に心あたりはありませんか？」

「たがめの……文五郎……。いや、初めて聞く名だ。その男がいかがした？」

友次郎は目をしばたたいて聞き返してきた。

「どうやら丹治らには、その文五郎という男の後ろ盾があるようなのです。博徒かただのごろつきかわかりませんが……」

「ふむ。わたしの知らぬことだな」

「まあ、よいでしょう。では、殿様のことです。何故、小普請入りになられたのです。昨日初めてお会いしましたが、殿様はまだお若いし、小普請入りをするような方でもないはずです」

「そのことか……」

友次郎は少し困ったというように顔をしかめたが、

「いや、これはちゃんと話すのが筋であろうな。恥ずかしいことではあるが……」

と、前置きをして自分の身の上を話しはじめた。

六

友次郎は真面目で仕事熱心な男だった。与えられた役目に粗相などなく、それこ

そ上役からは、

「非の打ち所のない男よ」

と、褒められるほどであった。

しかし、友次郎自身は褒められるほどのことはしていない。ただ単にやるべきことをやっているだけ、という思いがあるのみだった。もっとも、他人への気遣い、上役や下役へ神経を使いすぎ疲れることはあった。

だからといって、役目に不平もなければ不満もなかった。ただし、己を律し、役目を忠実にこなすあまり、他人を見る目は厳しかった。だが、それも目をつぶることはできた。できないものの仕事は、自分が引き受ければよいのだと思い、実際そうしていた。朋輩だけでなく上役や下役らの評判も悪くなかった。

書院番の仕事はあれこれある。江戸城中虎の間と玄関前諸門（中雀門・上埋門）の警衛、城中諸儀式での将軍の給仕、儀式の事務、席の周旋、将軍出行の際の警護、江戸市中の巡回、ときに遠国への出張などもあった。

「魔が差したといってよいかもしれぬ」

一度話を切り、友次郎は茶で舌を湿らせてつづけた。

「ある宴会のときであった。一年と半年ほど前のことだ。酒を飲んでも乱れるわたしではないが、そのときは妻が床に臥《ふ》しがちになって、看病にも疲れていたからかもしれぬ。普段腹に溜《た》め込んでいたものを抑えきれなくなったのだ」

楽しい宴の席にあって、もっとも愉快そうに高らかな笑い声をあげるものがいた。友次郎にはそれがひどく姑《こ》息《そく》に思えたし、見苦しく見えた。さらに、そのものは普段の役目がおろそかで、ときにしくじることもあった。

友次郎はたとえ無礼講の席であろうと、少し慎むようにたしなめた。ところが相手は食ってかかってきた。せっかくの楽しい席に水を差すなというのだ。

友次郎はその一言にかちんと来た。

「見苦しいぞ。無礼講とはいえ、上役に媚《こび》を売り、へつらいおって」

「なに」

相手は血相を変えたが、友次郎は動じることなく、言葉をついだ。

「普段の役目に対する心構えをもう少し考えるならば、控えめにしてはどうだ。そもそものほうの仕事はなっておらぬではないか」

「どこがどうなっておらぬと申す。いいたいことがあれば申すがよい」

友次郎はそこで抑えておけばよかったができなかった。相手の怠慢をなじり、不出来な事務処理を自分が代わりに仕上げた。門の警護に遅れてきたときも庇《かば》ってやった。正月の将軍参賀の折も、大名の席次をまちがったのを正したのも自分だ。

「粗相ばかりしておって、誰がその穴埋めをしていると思っているのだ」

相手は酒で赤くなった顔をますます赤らめたが、それ以上はいい返してこなかった。

その一件があってから、友次郎は変わっていった。見たくもない人のアラが見え、気づかなくてもいいことに気づくようになった。

それでも黙っていたのだが、つい酒が入ると、たがが外れたように、日頃の鬱憤《うっぷん》を晴らすように、他人の怠慢を指摘し、不始末をなじるようになった。

むろん、友次郎に非はなかった。あるのは相手だった。上役が仮病を使って役目を休み、釣りに行ったことや、妾宅に押しかけ昼間から酒を飲んでいることなどを指摘した。

そんなとき、友次郎は自分がいやになった。酒に酔っていながらも、いやなやつだと自分を思ったが、抑えがきかなくなっていた。

「ある日、言葉が過ぎるぞと、上役に怒鳴られ、刀を抜かれた。わたしは自分の非を知っておきながら、それを隠すために力でねじ伏せるおつもりかとやり返した。まわりが止めてくれたので、刃傷《にんじょう》沙汰にはならなかったが、そのことがあってからまわりの目が冷たくなっていった。わたしは孤立した。上役の覚えも悪くなった。それでも役目はちゃんとこなしていたのだが、ある日突然小普請入りを命ぜられた」

友次郎はまた茶に口をつけてつづけた。

「心外ではあったが、上からの指図であるから不承不承受け入れるしかなかった。その矢先に妻が逝《い》ってしまってな」

友次郎はそのことがよほど悲しかったと見え、目を潤ませ、唇を嚙んだ。十内は黙って耳を傾けている。

「その挙げ句、町のごろつきに侮辱される始末だ。しかし、それもこれもわたしが過《あやま》っていたのだと思った。妻が死んでからわたしは酒を断った」

「……殿様」

十内は声をかけた。友次郎がまっすぐ見てくる。障子越しのあわい光がその片頬を染めていた。

「殿様はまちがってはいませんよ。まちがったのはまわりの人たちだったのです」

「……さように、そなたは思うか」

「はばかりながら申しますが、殿様は真面目すぎるのでしょう。それゆえに、まわりの人たちから煙たがられるようになったのでしょう」

「いかにもさよう。わたしもそう思うのだ」

友次郎は殊勝なことをいってつづける。

「人付き合いの難しさを思い知らされているのだ。だが、いつかまたお役目に就きたい。そのために、学問にいそしみ、質素な暮らしをしているのだ」

「殿様はまだお若いのです。きっとお引き立てがあると思います。それにしても御書院番は出世の近道になる、格の高い番方。もったいのうございました」

「早乙女」

友次郎が厳しくにらんできた。

「そなたはわたしが出世したいがために、勤勉だったと考えておるのか」

「は……」

「わたしは出世のためにお役をいただいたのではない。また出世のために、はたらいてきたのでもない」

十内は友次郎の厳しい目を見て首をかしげた。

「務めというのは自分のためにあるのではない。人のためにあるのではないか。泰平の世を保つために、お上に仕えるのではないか。ひいては、その恩顧は民に行きわたるはずだ。ひとりひとりが与えられたお役目を、きちんとまっとうする。さすれば、お上のためにも、またこの国に住む民のためにもなるはずだ。上様もさように考えておられるはず。わたしはそう考えておる。大きな役料をもらいたいために仕事をするのではない。欲をかかずにはたらき、質素でいいから人並みの暮らしをしたいだけだ。それが民の考えでもあろう」

目から鱗《うろこ》であった。

十内は感服した。背筋を伸ばし、威儀を正すと、深く平伏した。

「まったく到りませんでした。穴があったら入りたいほどでございます。殿様、申しわけもございません」

十内はそういいながら、この人のためになんとしてでも一肌脱ごうと思った。こういう人間こそ大切なのだと、思わずにはいられなかった。

「そうかしこまることはない。早乙女、わたしは静かにお引き立てを待つのみだ。そのために、いらぬ邪魔をされたくない。それゆえに、そなたにお願いをしているのだ」

「はは、重々わかりましてございます」

十内が顔をあげると、友次郎がにっこり微笑んだ。

七

(欲をかかずにはたらき、質素でいいから人並みの暮らしをしたい……)

十内はなんという言葉だと感銘を受けていた。久しぶりに気持ちのよい人間に出会えたと思わずにはいられない。

相談を受けたときは、胡散臭い貧乏旗本だと思っていたが、そうではなかった。話を持ち込んできた今助に感謝したいほどだ。

友次郎の屋敷を出て歩く十内は、すがすがしい気分であった。しかし、ここは気持ちを引き締めて、けしからぬ丹治らの度の過ぎる悪ふざけを戒《いまし》めなければならない。きつく灸《きゅう》を据えて、友次郎の爪の垢《あか》でも煎《せん》じて飲ませたいぐらいだ。

しかしその日、丹治を探してもいっこうに姿を見ることはなかった。住まいがわかっていれば、こっそり様子を見るつもりであったが、丹治は仲間の家を転々としているらしいので、居場所がつかめない。

無闇に歩きまわっても探すことができないので、探索の手段を考えることにしたが、気づいたときには、日が落ちかかっていた。秋の日は釣瓶《つるべ》落としである。雲を染める夕日を見たかと思うと、あっという間に暮れてゆく。

鉤形《かぎがた》に飛んでゆく雁《かり》の群を見たときには、夜商いをやる店の灯《ひ》のともしごろだった。

そのころ、丹治は仲間の二人といっしょに、両国西広小路にある一軒の茶店の床几に座って、行き交う人の波を眺めていた。それは獲物を狙《ねら》う獣の目であったし、視線は若い女に向けられつづけていた。それでも食指の動くような女は、なかなか見つからない。

そんな広小路も日の暮れとともに、芋を洗うようなにぎやかさが去り、徐々に閑散としていた。

「場所を変えるか……」

八郎太《はちろうた》という仲間が辟易《へきえき》顔でいう。

「変えるってどこへ行くってんだ」

丹治は八郎太を見た。

「柳橋とか深川あたりはどうだ。芸者もいるし、夜鷹もいる。手っ取り早く若いやつを攫《さら》っちまえばすむことじゃねえか。いてッ」

丹治は八郎太を殴りつけた。

「そんなこととしてみろ。お目玉食らうぐらいじゃすまねえぜ。親分のいいつけを忘れるんじゃねえ」

丹治は叱りつけて煙管《キセル》を手にした。その日、文五郎に命令をされていた。

——おれの眼鏡に適《かな》う女を見つけてこい。それでおまえを手下にするかどうか決める。商売女じゃだめだ。少しぐらいすれっからしでも構わねえが、若くて活きのいい女だ。

期限は今日を入れて二日だった。つまり、明日までにそんな女を見つけて、文五郎の前に連れて行かなければならなかった。

文五郎はそれで丹治の器量を見極めて、仲間に入れるかどうか判断するといった。丹治はなんとしてでも文五郎に気に入られたかった。仲間に入れてもらい、文五郎に重宝される男になりたかった。そうすれば、一生苦労せずに生きていけるし、贅沢な暮らしができると思っていた。

そのためには文五郎から下《くだ》された「試験」に通らなければならなかった。丹治は昼間から目を皿にして、文五郎が気に入りそうな若い女を探しているが、「これは！」と、思う女はなかなか見つからなかった。

顔立ちがよくても、痩《や》せすぎていたり太りすぎていたり。姿がよくても顔の造作に問題があったりと、いざとなると難しい人探しだった。

とびきりのいい女でなければならない。中途半端な美人を連れて行っても文五郎は満足しないはずだ。きっとそうにちがいない。

丹治は文五郎の好みを知らないが、ちょっと見がいいだけでない、文句のつけようのないいい女を連れて行かなければ、満足してもらえないと考えている。そのために、自分が試されているのだ。そう考えている丹治はあれもだめ、これもだめと女たちを値踏みしていた。

「丹治、あれは……」

伊三次《いさんじ》が丹治の横腹をつついて、一方を示した。

店仕舞いにかかった団子屋から出てきた女がいた。さっきまで軽業をやっていた女だ。猫のように大きな目をした若い女だった。丹治も、あの女だったらどうかと思ったが、顔がどうにもあどけない。

「ありゃさっき見たが、だめだろう。親分はもっと色気のある女をほしがっているはずだ。ありゃァ、軽業やってるぐらいだから、活きはいいだろうが……」

「丹治、そうじゃねえよ。あの女より先に団子屋から出てきた女だ。ほら、ちょいと先を歩いているあの女だ」

伊三次にいわれて、もう一度そっちを見たとき、その女が笑顔を軽業師に振り向けた。夜目にも魅力的な顔だった。

「おッ」

丹治は思わず驚きの声を漏らし、目を光らせた。姿もいい。小股の切れあがった女だ。

「おい、もっと近くで見ようじゃねえか。遠目に若く見えるだけかもしれねえ」

丹治はそういうと床几から立ちあがった。

「行ってみようよ。わたし今日、祐斎先生からお小遣いもらったから奢ったげるわ」

由梨を誘いに来たお夕は、懐をぽんとたたいてみせた。

「それは嬉《うれ》しいけど、人殺しのあった場所の近くでしょ。気味悪くない」

「そのお蕎麦屋さんで殺しがあったんじゃないわよ。そばと、人殺しは関係ないじゃない」

「そりゃそうだけど……」

「いいから行こうよ。早乙女さんが連れて行ってくれるといったけど、いつになるかわからないじゃない」

二人は両国広小路から米沢町《よねざわちょう》一丁目の北側の通りに入った。すでに夜の帳《とばり》は下りているが、月あかりがあるし、ところどころにある軒行灯《のきあんどん》が道を染めていた。

「でも、そこが早乙女さんのいう蕎麦屋なのかしら?」

由梨がお夕の横に並んでいう。

「だって、殺しがあったから、ゆっくりおいしいそばを味わえなかったといったもの。それにできて間もないというから、きっと緑橋の近くの店よ」

「それじゃあずさ屋というお店ね」

「あら、知っていたの?」

お夕は驚いたように由梨を見た。

「ちょっと気になっているお蕎麦屋さんだったから、そうかなと……。どうしたの?」

「変よ、後ろから来る男たち」

背後の人の気配に気づいたお夕は、いやな予感を覚えていた。

「変て……」

「何だかわたしたちを尾けてるみたいで気味悪いの」

お夕はさりげなく後ろを振り返って、三人の男たちを見た。月あかりはあるが、男たちは暗がりを選んで歩いているらしく、はっきり顔は見えなかった。

「急ごう」

お夕が由梨をうながして、早足になったとき、

「ちょいと待ちな」

と、背後から声がかかった。

第三章　誘拐

一

「早乙女さん……」

着替えの途中で、そんな声がした。十内は玄関のほうを見たが、なんの変化もない。気のせいだったかと思い、与太者の丹治に揶揄《やゆ》された深紅の帯をほどきにかかったとき、またもや声がした。それはふるえるような弱々しいものだったが、開き戸に何かがあたりガタガタと音がした。

「なんだ。いったい誰だ?」

「た、助けて……早乙女さん……」

声はすれど姿は見えない。

十内は妙な胸騒ぎを覚えて、玄関に向かった。ほどけかけの帯が落ちて、着物の前がだらしなく開き、褌《ふんどし》が丸見えになった。

十内はがらりと戸を開けるなり驚いた。由梨がうずくまっていたからだ。

「どうした」

由梨を抱きかかえるようにして問うた。由梨が気《け》だるそうに顔をあげた。頰や額だけでなく、着物が汚れていた。軽業用の袴は破れてもいた。

「……お夕ちゃん、お夕ちゃんが……ううっ……」

由梨は顔をくしゃくしゃにして涙を流した。

「お夕がどうした？　はっきりいうんだ。とにかく家のなかに……」

十内は由梨を抱きかかえて、座敷に運んでいった。興奮しているようなので水を飲ませ、少し落ち着かせてから話を聞くことにした。

「それでお夕がどうしたというんだ？」

「誰かわからないけど、男がやってきて、わたしをひどく打って、それからいやがるお夕ちゃんをどこかへ連れて行ったの」

「なんだと……」

「お夕ちゃん、今日は祐斎先生からお小遣いもらったから、何かご馳走するといって誘いに来たの。それで緑橋のそばにできたお蕎麦屋さんに行く途中で……」

由梨は大きな目からぽろぽろ涙を流した。

「どうすればいいの、早乙女さん助けて、お夕ちゃんを助けて……」

「落ち着け。相手はひとりか?」

「三人。暗がりだったので顔はよく見えなかったし、わたしはあっという間にお腹を打たれて、首を絞められて殺されそうになったの。その間にお夕ちゃんは、男たちに乱暴されていたけど、わたしは苦しくてうずくまっていたからどうなったかわからない」

「それじゃどこの何者かわからないってことか……」

「逃げるときにひとりの男が、『伊三次、早くしろ』というのが聞こえただけです」

「伊三次……」

十内は視線を宙に泳がせてから、襲われた場所はどこだと聞いた。

「横山町二丁目の裏通りよ。もうすぐ一丁目に出るところだった」

十内はその場所を思い浮かべた。片側は武家地になっている場所で、人通りの少ない場所だ。

「怪我はないか？」

由梨は大丈夫だと首を振る。

「おまえはここで待っていろ。ちょっと見てくる」

そういって立ちあがったとき、十内は褌姿をさらしていることに気づき、着物をかき合わせると、急いで帯を締めなおした。

それから押っ取り刀で由梨とお夕が襲われたあたりまで駆けた。しかし、人通りはなく、そこには誰もいなかった。肌を冷やす秋の夜風が流れているだけだった。

なぜお夕が攫われたのかわからなかった。それに、攫《さら》った相手のこともわからない。

「誰だ、いったいなんのために……」

疑問をつぶやいた十内は、はたと絵師の狩野祐斎を思い浮かべた。何か心あたりがあるかもしれない。そう思うと、居ても立ってもいられず祐斎の家に急いだ。

「おお、これはめずらしい」

訪ねてきた十内を見るなり、祐斎は顔をほころばせ、あがれあがれとうながし、

「今日はいい絵が描けて気分がよいのだよ」

と、気楽なものいいをして、十内を座敷にあげた。隣の仕事部屋は開け放されており、そこにしどけない恰好で縁側に座っている女の絵があった。

（お夕……）

十内はその絵を見て内心でつぶやいた。浴衣《ゆかた》が崩れて、いまにも乳房や太股《ふともも》が見えそうになっている。

「祐斎先生、お夕が何者かに攫われたんです。何か心あたりはありませんか」

十内が迫るように聞くと、のんびりと手酌をしていた祐斎がびっくりした顔を向けてきた。

「攫われただと。いつのことだね」

「ついさっきです。小半刻もたっていません。お夕は先生から小遣いをもらったので、由梨にご馳走しようと誘いに行き、その帰り道で三人の男に……」

「相手は誰だ？」

「それがわからないから聞きに来ているんです。なにか気づくことはありませんか？」

祐斎は目をきょろきょろさせた。赤ら顔が酒のせいでますます赤くなっている。真っ白い総髪も行灯のあかりに赤く染まっていた。

「気づくことは……ないな。今日は版元の手代がやってきて、絵を褒めて帰っていったぐらいだ」

「お夕に目をつけたり、色目を使ったりしていたものはいませんか……」

「ふむ、それはどうかな。お夕はあのようにいい女だ。若いし、見目もいい。だが、この家に来るものたちにとっては高嶺《たかね》の花で、気安く声をかけるものもいない」

「それじゃお夕が揉めごとを起こしていたようなことは……」

「そんなことは何もない。あれはいつもわたしの目の前に来て、指図どおりの恰好をして座っているだけだ。わたしが仕事をしている間は無駄口をたたかないし、仕事が終わってもさしたる話もしないからな。しかし、これは一大事だ早乙女殿」

「そんなことはいわれなくてもわかっています。一大事だからじっとしておれないんです」

「この家にいるときには、これといって気になることはなかった。お夕から困りごとの相談も受けておらぬし……いったいどういうことだ……」

これでは話にならない。十内は何か思いだすことがあったらすぐに知らせてくれといいおいて、自宅に急いだ。

由梨はおとなしく待っていた。帰ってきた十内を見ると、子犬のようにそばに駆けよってきて、何かわかったかと聞く。十内はいつになく深刻な顔でかぶりを振る。

「由梨、おまえはお夕とは姉妹のような間柄だ。なんでもお夕のことは知っているな」

「知ってるわ。お夕ちゃんもあたしも隠しごとなんか何もしないから……」

「あいつ、誰かと揉めていたようなことはないか？」

「そんなことありません」

「それじゃしつこく付けまわすような男に心あたりはないか？」

「それもないわ」

「それじゃ困ったな。……いったいどういうことだ」

十内はうなって腕を組んだ。

「今夜は何かあるといかん。おまえはこの家に泊まるんだ。着替えをするならいっしょについて行ってやる」

「それじゃこれから付き合ってください。お夕ちゃんの持ち物から何か手掛かりが出るかもしれないから」

「それもそうだな。よし、行こう」

二

「もう一度、おまえとお夕が襲われた場所に行ってみよう。昨夜は暗くて何もわからなかったが、何か落とし物があるかもしれない」

十内は朝餉を平らげたあとで由梨にいった。縁側の障子に、朝日があたり、鳥たちの声がしている。

「それじゃ片づけをしたらすぐに……」

「それはあとでいい。調べるのが先だ」

「そうね」

答えた由梨は用のすんだ食器を台所に運んだ。そのとき、玄関から聞き慣れた声が聞こえてきた。服部洋之助だ。いつもなら顔をしかめる十内だが、今朝はちがう。

「開いてる。入ってくれ」

応じた十内は居間から座敷に移った。がらりと戸が開き服部洋之助が入ってきた。すがすがしい朝の風もなだれ込んできたが、すがすがしくない松五郎の姿もある。それに、洋之助の小者《こもの》二人の顔もあった。がに股の弁蔵《べんぞう》と、ぎょろ目の乙吉《おときち》だ。

「今日は勢揃いだな」

「おうよ。厄介なことが起きちまったからな」

洋之助はそういって上がり框に腰をおろす。それと気づいた由梨が、台所から顔を出して、「これは服部の旦那さん」と声をかけた。

洋之助が目をまるくする。

「なんだ、おまえたち、いつの間にできちまったのか」

「そんなことはない。これにはいろいろわけがあるんだ。それで服部さんにも相談があるんだ。訪ねてきてもらってよかった」

「なんだ相談とは？」

「昨夜、お夕が何者かに攫われたんだ」

「なんだって……」

驚きの声を漏らしたのは松五郎だった。猪首《いくび》の上にある顔を十内に向け、やけに太くて濃い眉を動かした。

「相手は誰かわからないが、三人組だ。ただ、そのなかのひとりは伊三次という名だ。お夕には揉めごともなければ、好いた惚れたという男もいなかった。なぜ、攫われたのかわからないが、とにかく探さなきゃならない。手を貸してくれないか」

十内は立っているものは親でも使えという気持ちで、洋之助に頭を下げた。

「そりゃ困ったことだな。まさか、おれが受け持つことにかかわっちゃいねえだろうが……」

「どういうことだ」

十内が問うと、すかさず松五郎が、

「おい、へっぽこ浪人、言葉に気をつけやがれ」

と、目くじらを立てる。十内は気にしない。だから松五郎はさらに苛《いら》ついた顔をした。そこへ由梨が五人分の茶を運んできた。

「失礼ね、へっぽこ浪人だなんて。言葉に気をつけなきゃいけないのは親分よ。はい」

由梨は乱暴に湯呑みを松五郎にわたした。熱い茶がこぼれて、松五郎は「あちッ、あちッ」と悲鳴をあげる。

「なにしやがんだ。このォ……」

「まあ、まあ松五郎、黙っていやがれ。てめえのせいで話が進まねえじゃねえか。それに普段出ない茶をもてなされているんだ、おとなしくしてやがれ」

洋之助にたしなめられた松五郎はシュンとなる。洋之助はつづけた。

「例の緑橋のそばで起きた殺しだがな。あれからおれは手を引くことになった。ありゃあ仁杉さんがひとりで受け持つ。それで、あの件はあの件で置いといて、おれの助をしてもらいたいんだ」

「お夕のことはどうなる」

十内は嚙みつきそうな顔になって、洋之助をにらむ。

「まあまあ話は最後まで聞くってもんだ。永富町に鶴吉という指物師がいる。だが、指物師は仮の姿で、ほんとうは掏摸だ。仲間内じゃ〝金亀の鶴吉〟と呼ばれている巾着切りだ。この女房がお秀というんだが、この二人が妙な死に方をした」

「妙とは……」

お夕のことが気になってしかたない十内だが、我慢して洋之助の話を聞く。

「お秀は半年前に死んだんだが、食い合わせが悪かったのか、悪い病気持ちだったのかそれはわからねえ。とにかくある日突然、ぽっくりいっちまった。それから三日前に、亭主の鶴吉が神田堀から土左衛門で見つかった。土手っ腹を一刺しされていたが、利き手の指が全部落とされていた。ここから先だ」

洋之助は右手指の第一関節が切断された仕草をした。

「まあ仲間内の喧嘩か、掏られた人間の仕業《しわざ》かわからねえ。だが、鶴吉の家にときどき出入りしている女がいた。お清というんだが、この女は寄場帰りだ。それに調べてみると、昔は鶴吉とねんごろの仲だったらしい。それがどういうわけか、鶴吉夫婦の家に出入りしていたというから不思議だ。ところが、お秀が死んでからお清の姿は見られていない」

「…………」

十内は黙って耳を傾ける。

障子の隙間から射し込む朝日が、畳に長い条《すじ》を作っていた。

「ひょっとすると、鶴吉殺しはお清の仕業かもしれねえとおれは疑っている。そして、お清の人相書きがこれだ。似面絵《にづらえ》付きだ」

洋之助はお清の人相書きと似面絵を懐から出して広げた。

年は二十二。中肉中背。器量は悪くない。鼻の脇と下唇の中ほどに、小さな黒子《ほくろ》。

「このお清の行方がわからないから探してくれと……」

十内は人相書きから洋之助に目を戻す。

「そうよ。ここはよろず相談所だ。見つけたら、それなりの謝礼はする。まあ、話ってのはそういうことだ」

「このお清って女を見つけたら、知らせればいいんだな」

「そういうこった」

「それでお夕のことだが、こっちも頼む」

「ほう、そうすると、場合によっちゃ相談料はなしってことになるが……」

洋之助は抜け目のないことをいう。お夕の命にかかわることなのにと、十内は腹が立つが、ここはじっと忍の一字で怒りを抑え、

「構わぬ」

というしかないし、またお夕に万が一のことがあっては大変だ。お夕は無実であ

る。罪のない女だ。十内にしてみれば、由梨同様妹みたいな存在である。どんな手を使ってでも、攫った男たちから無事に取り返さなければならない。

「よし、話は決まった。お夕のこともあるが、おれの話したことも忘れるな」

洋之助は松五郎と二人の小者を連れて、ぞろぞろと出ていった。

三

十内は、由梨とお夕が襲われた現場に来ていた。

周囲は朝日につつまれ、横山町二丁目から薬研堀《やげんぼり》につながる水路はきらきらと日の光を照り返している。

「由梨、おまえたちが襲われたのは道のどっち側だ」

さっきから道を行ったり来たりしている十内は、地面を這う蟻《あり》一匹逃さないという目をしている由梨に訊ねた。

「声をかけられたのが、その辺だったので……」

由梨は履物屋の店先あたりを見ていう。横山町の裏通りなので、小店が多く、その反対側は武家の屋敷地となっている。夜間は人通りが少なく、また夜商いの居酒屋も一軒しかない。その居酒屋は閉まっている。

「たしかこの辺だったはずよ。でもあのときは怖いのと、助かりたい、殺されたくないという思いで無我夢中だったたし、わたしは首を絞められたり、腹を打たれて苦しかったから……」

由梨は気が動転していたにちがいない。それでも、水路のそばあたりを指さして、

「逃げるときに水音を聞いたから、このあたりだったかもしれない」

と、首をかしげた。

さっきから十内と由梨は、そのあたりをくまなく探していたが落とし物はなかった。早起きの行商人や通りすがりのものが、落とし物を拾ったという可能性もある。

「水のなかかもしれない……」

十内は水路に視線を移した。由梨もそれにならう。そばを通っていくものが不思議そうな顔をして、水のなかをのぞいたりした。

「あ、早乙女さん……これは……」

声をかけてきた由梨が袖をまくって、水路から物をつかみあげた。

「煙草入れじゃねえか……」

それは胡麻竹《ごまだけ》の筒と桐油《とうゆ》製の袋という、なんの変哲もない提げ煙草入れだった。刻み煙草を入れる袋の留め金は鼠の形をしていた。袋と筒をつなぐ緒には赤い珊瑚《さんご》の緒締めがついていた。

十内はそれを手にした。ひょっとするとこれかもしれないと思った。

「由梨、お夕を攫った賊のひとりは、仲間に早くしろと急《せ》かされたんだな」

「ええ」

由梨はぱっちりした目を、大きくしてうなずく。

「そいつは、これを落としたから探そうとしたが、お夕を早く連れて行かなきゃならなかった。だから、早くしろといわれたのかもしれねえ」

「だったら、その男はまた探しに来るんじゃないかしら」

十内ははっと目をみはった。

「そうかもしれん。よし、この通りを見張ろう」

二人は小さな団子屋の床几に座って、通りを眺めつづけた。落とし物を拾いに来るものはいっこうにあらわれなかった。

由梨はお夕のことが心配なのか、いつになく口が重い。

「……いまごろお夕ちゃんどうしているかしら？　無事でいるかしら……」

そうつぶやく声は涙声だったし、いまにも泣きそうな顔をしていた。

「あいつなら大丈夫だ。そう信じるしかない」

「でも……」

由梨は涙目を向けてくる。十内は抱きしめて、心配するなと慰めてやりたいが、その十内も心配でならなかった。

何も手掛かりがないいままではどうすることもできない。近藤友次郎から頼まれていることもあるが、それはあとまわしにするしかない。

「お夕を攫ったやつらについて、何か思いだすことはないか？」

由梨は必死に記憶の糸を手繰《たぐ》ろうと、空を見て考えたが、結局何もないと頼りなげなことをいうだけだった。

十内はどうすればよいか、最も有効な手段を考えたが、煙草入れを落とした人物を見つけるしかない。しかし、それもまったく関係のない人間かもしれない。そうなると、ここで見張っているのが無駄に思えてきた。

「由梨、おまえは今日一日ここで見張りをしてくれないか」

「早乙女さんはどこに……」

「おれは他のことを考える」

そうはいっても、いい考えがあるわけではなかった。

「この店に飽きたら、他の店に移って見張れ。金をわたしておく」

十内は一朱を由梨にわたした。

「探し物をしに来た男がいたら、どうすればいいの？」

十内は考えた。あとを尾けさせるのは危険すぎる。

「そいつの顔をしっかり覚えておけ。どんな身なりか、太っているか痩せているか……覚えられるだけのことを頭にたたき込むんだ。できるか」

由梨はやってみるといった。

団子屋を離れた十内は洋之助を探そうと思った。洋之助は自分に頼みごとをしてきた。そして、自分もお夕のことを頼んだ。つまり、持ちつ持たれつである。

ここは人手がいる。由梨ひとりの見張りでは心許ないし、煙草入れはお夕を攫った三人組の物ではないかもしれない。しかし、無駄でも見張りはすべきだ。そのためには洋之助から人を借りるべきだ。

松五郎でも、小者の弁蔵でも乙吉でもいい。十内は藁《わら》にもすがる思いであった。

歩きながらまた別のことを考えた。洋之助の頼みは〝金亀の鶴吉〟と呼ばれる巾着切り夫婦を殺したと思われる、お清という女を探すことである。その人相書きは懐に入っている。鶴吉は巾着切りだった。すると、掏摸仲間に鶴吉に詳しいものがいるはずだ。その類《たぐい》の人間を探すには、孫助《まごすけ》を頼るしかなかった。

十内を「先生」と呼ぶ孫助は、年がら年中酒に酔っている男だが、なぜか市中のことに精通している。情報を集める天才だ。

(孫助に会おう)

居場所は大体わかっている。豊島町《としまちょう》にある「栄《さかえ》」という飯屋だ。そこにいなければ、自宅長屋でひっくり返っているはずだった。

四

由梨は十内がいなくなったので、心底心細くなっていた。それでも、大事なお夕を助けなければならない。

大きく息を吸って、吐き、そして下腹に力を入れ、キュッと口を引き結んだ。団子屋にいつまでもいるわけにはいかないので、二軒隣の煎餅《せんべい》屋に移った。

目の前をいろんな人間が通った。侍に大工、大八車を引く車力、手持ち無沙汰に歩く瓦版《かわらばん》屋、楽しそうにおしゃべりをして歩く二人組の町娘、ぱたぱたと草履の音を立てて駆ける近所の子供もいれば、風呂敷を抱えて急ぎ足で歩く商家の奉公人もいた。

野良犬がのそりのそりとそばに来て、物欲しそうな目を向けてきたので、何もないよと身振りで示すと、あきらめた様子で近くの路地に消えていった。

それからすぐのことだった。ひょろっと背が高く、色の黒い男が地面を眺めながらやってきた。あきらかに探し物をしている素振りである。

由梨は表情をかためると、そっと相手に気づかれないように葦簀《よしず》の陰に隠れた。そのまま男の様子を窺いつづける。

男は地面に目を凝らし、近所の店のものにも声をかけた。それからまた道を引き返して、また戻ってくる。

由梨と十内が探した水路にも目を向けた。

由梨は煙草入れを落としたのは、この男にちがいないと確信した。すぐにも十内に知らせたいが、どこで何をしているかわからないのでどうすることもできない。

（あの男だわ……）

じっと男の様子を観察して、必死に男のことを脳裏に刻みつけた。

色が黒くて背が高い。十内より少し低いぐらいだろう。棒縞の着物に雪駄履き。髷に特徴はないが、首が長い。目も並みで、眉が少し垂れている。そして、鉤鼻《かぎばな》だった。

やがて男はあきらめた様子で、両国広小路のほうに戻っていった。由梨はどうしようか迷った。十内がこないかと左右を見るが、その気配はない。その間にも男の背中が小さくなっていく。

由梨は思い切って男を追うことにした。煎餅屋の葦簀の陰を出ると、手拭いを頬被りした。足を急がせると、男との距離が縮まった。そのまま気取られないように一定の距離を保って尾けた。

男は両国広小路の人込みにまぎれた。広小路は由梨の仕事場だ。隅から隅まで知り尽くしている。矢場のほうで歓声があがり、太鼓が打ち鳴らされた。芝居小屋から呼び込みの声が聞こえる。笛や鉦《かね》の音がする。

男の背中は見え隠れしていたが、ふいとその姿が見えなくなった。相撲取りの一団が来て、その向こうに消えたのだ。由梨は人をかきわけるように前に進んだが、見失ってしまった。大橋のほうに目を向け、柳橋のほうに視線を向ける。どこにも姿がない。

「おい」

突然、背後から肩をたたかれて、腰を抜かすほどびっくりした。心の臓をドキドキいわせて振り返ると、いつも顔を合わせる蝦《が》蟇《ま》の油売りの男だった。

「なんだ、びっくりするじゃない」

「そんな顔してるよ。今日は商売は休みかい？」

蝦蟇の油売りはのんきそうな顔を向けてくる。

「休みよ。仕事してる場合じゃないの。それじゃ……」

由梨は蝦蟇の油売りを振り払うように来た道を引き返した。元の通りに戻ると、さっきの男が声をかけた店を訪ねて、

「さっき、ひょろっと背の高い色の黒い人が来たわね」

と、禿《は》げあがった亭主に聞いた。

「色の黒い……」

「棒縞の着物を着た男よ。おじさんに何か声をかけたでしょう」

「ああ、あの男か。煙草入れを落としたんだけど、見なかったかと聞かれただけだよ」

由梨は確信した。やはり、さっきの男はお夕を攫った仲間のひとりだったのだ。伊三次という男だ。

このことを早く十内に知らせたいが、どこに行ったかわからない。由梨はいま自分は何をすべきかと、必死に考えた。思いつくことがあった。

狩野祐斎を訪ねて、さっきの男の似面絵を描いてもらうのだ。

（そうしよう）

由梨は祐斎の家に駆けた。いまならさっきの男の顔を鮮明に思いだせる。お夕のことだから、祐斎は快く頼みを引き受けてくれるはずだ。

そのころ、十内はやっと孫助を探しあてたところだった。いつもいるはずの飯屋「栄」にはいず、佐久間町に用事があって出かけていると、栄の主に教えられてそっちを探していたところ、神田川に架かる和泉橋《いずみばし》のすぐそばの河岸場で、のんびり煙草を吸っている孫助を見つけたのだった。

「へえ、それじゃちょいとあたってみましょう。先生の頼みじゃ断り切れないし、先生はあたしの命の恩人ですからね」

孫助は相変わらず酒臭い息を吐いて受けてくれた。侍だと誰にでも「先生」という男だ。それに孫助がいうように、十内は一度危ないところを救ったことがあった。もっともそれは、十内が無理な頼みをしたからだったが、ことなきを得て、十内自身も胸をなでおろしていたのだった。

「それから、この女のことも頼まれてくれ」

巾着切りの鶴吉の件を話し終えた十内は、服部洋之助から預かっているお清の人相書きと似面絵をわたした。

「これがその鶴吉って掏摸の夫婦を殺した女で……」

「そうと決まったわけじゃないが、町方が探している女だ」

「へえ、さようですか。それじゃこいつも探してみることにしましょう」

「酒手をわたしておくが、飲みすぎるなよ」

十内は奮発して小粒（一分金）をにぎらせた。

「へえへえいつもすみませんで……」

孫助は汚い歯茎を見せて相好《そうごう》を崩した。

十内はそのまま由梨のもとに急いだ。急ぎながらも、服部洋之助に会わないものかと、あちこちに目をやるが、こういうときには影も形も見えない。

どうでもいいときには、ひょっこり目の前にあらわれる同心だが、世の中うまくいかないものだと、ひとり勝手に考えながら足を急がせた。

ところが、由梨の姿がどこにもない。団子屋にもいなければ、その並びにある店にもいない。まさか、相手に見つかって連れて行かれたのでは……。ひょっとすると無理をして尾行しているのでは……。いやな妄想が胸の内に広がった。

狭い通りにしばらく目を注ぎ、二人で見張り場にしていた団子屋を見た。由梨は一ヵ所に留《とど》まっていなかったはずだ。

そう思って団子屋から聞き込みをしてゆくと、古手屋の主が、

「へえ、なんでも落とし物をした男の方が見えましてね。そのあとで旦那のおっしゃる若い女が訪ねてきました」

という。

「それで女はどっちに行った？」

「男の方は両国のほうに行きましたが、女の人は向こうに……」

主は両国とはちがう方向を指さした。

（家に戻っているのでは……）

十内はそう思うと、自宅に足を急がせた。

うちにいてくれと祈るような気持ちだった。

玄関の戸を引き開けると、居間にいた由梨が発条仕掛《ぜんまいじか》けの人形のように立ちあがった。

「戻っていたのか。いないからまさかと思って心配していたのだ」

十内は由梨を見るなり、ほっと胸をなでおろした。

「やっぱり煙草入れを探しに来た男がいたわ」

「ああ、古手屋の親父に聞いたよ。それで、そいつのことは覚えているな」

由梨は余裕の笑みを浮かべてから、一枚の絵を差しだした。

「わたし、この男を尾けていったんだけど、両国で見失ってしまって、それでどうしようかと考えて、はっと祐斎先生のことを思いだして描いてもらったの」

「こいつがたしかに煙草入れを探しに来たんだな」

「たしかよ。これが伊三次って男だと思う。似面絵はもう二枚あるわ」

由梨はぬかりなく多く描いてもらっていた。十内はそのことに感心しながら、もう一度、似面絵に目を凝らし、どこかで見たような気がするがと、首をかしげたが、よくは思いだせなかった。他人の空似はよくあることだ。

「よし、これで手掛かりができた。あとのことはおれにまかせておけ」

五

再び家を出た十内は、伊三次という男を探しながら、服部洋之助に会おうと考えていた。お夕の件はもう一度頼み込まなければならない。近藤友次郎の依頼事よりも、洋之助から頼まれたお清探しよりも、いまはお夕救出が第一だった。

洋之助の行き場所はわからない。普段の見廻りなら見当がつくが、いまはお清探しをやっているはずだから思いがけない場所にいる可能性は十分にある。

食えない町方だが、年季の入った同心でもある。いざ探索となると、素人《しろうと》には及びもつかない鼻を利かせるし、あらゆるつてを頼り、使えるだけの手先を動員し情報収集するのが、定町廻り同心だ。

だが、十内はその先を読んで洋之助の立ちまわり先に向かわなければならない。おそらく洋之助は、お夕探しには熱を入れていないはずだ。偶然見つけたり、ひょんなきっかけで手掛かりを得たときに教えようと思っているだけだろう。

十内にもそのくらいのことはわかる。洋之助はなにより手柄をほしがり、同心としての箔《はく》を付けたがっている男である。同心としての株を上げれば、商家だけでなく旗本や大名家からも付け届けが増える。それを役得というが、役得は多ければ多いほどいいに決まっている。

同心から与力への出世はまずない。そうであれば、役料以外の稼ぎを増やしたいと思うのは当然であろう。そのことに血道をあげているのが洋之助である。

人のため、江戸市中の平穏を保つためにはたらいてはいない。ようは手柄が金になると考え、ひたすら私腹を肥やしている男である。

役目はお上のためであるが、ひいてはそれが民のためになるはずだという、近藤友次郎の立派な考えを、いつか教えてやりたいと十内は思うが、おそらく洋之助は鼻で笑うだろう。

「早乙女ちゃん、きれい事なら何だっていえるんだぜ」

という言葉を、きっと返されると、十内は思う。

そんなことを考える一方で、洋之助から聞いたことを反芻《はんすう》した。お清はかつて殺された鶴吉の女だったという。しかも寄場帰りである。

すると、寄場から帰ってきたら、鶴吉がお秀という女とできていたことを知り、犯行に及んだのかもしれない。

だが、ときどき鶴吉夫婦の家にお清は姿を見せていたとも、洋之助は話した。

(どういうことだ……)

と、十内は疑問に思う。

疑問はともかく、かつて惚れていた男の家に、しかも女房のいる家に姿を見せるというのは、どこか近くに住んでいたと考えてもおかしくはないはずだ。

待てよ。寄場から出るにあたっては、身許引受人がいたはずだ。それも鶴吉だったのか。そうすれば、お清は複雑な心境ながらも、鶴吉に恩を感じていたのかもしれない。

あれこれ考えると、お清のことがわからなくなった。とにかく鶴吉が住んでいたのは永富町だったから、そのあたりを探すことにした。洋之助も同じ考えで、付近に聞き込みをかけているはずだ。

洋之助に会えなくても、小者か松五郎に会えればいい。一刻も早くお夕を救いたい。そのためには洋之助の力を頼るしかない。

永富町で聞き込みをかけると、鶴吉が住んでいた長屋はすぐに見つかった。洋之助が足しげく通ってきていることもわかり、すでに付近に聞き込みをかけていることもわかった。

お清を知っているものにも何人か会ったが、お清を悪くいうものはいなかった。

「しょっちゅうじゃないけど、月に一度か二度鶴吉さんの家を訪ねてきていましたよ。どんな間柄なのか知らなかったけど、鶴吉さんも、お秀さんも冷たかったね。お清さんはむげに追い返されることもあったし……。傍《はた》から見ていても可哀想なぐらいでね。あんな夫婦なんだから、かかわらなきゃいいと思うことは幾度もありましたよ」

お清は控えめで、顔が合えばきちんと挨拶をする女らしく、多くのものに好印象を与えているが、鶴吉とお秀のことになると、まるで逆である。

「お秀って女房は気が強くてねえ、愛想も悪かったよ」

というし、

「ありゃ、ろくでもねえ遊び人だよ。ちょいと見映えのいい男でね。ほうぼうの女にちょっかい出していたらしいよ」

と、鶴吉をあしざまにいうものもいた。

しかし、お清がどこに住んでいて何をしているか、知っているものは誰もいなかった。

十内は洋之助を探すために、お清を探すしかない。

鎌倉町、三河町とまわり、蠟燭町から鍋町までの長屋を訪ね歩いた。洋之助には会えないし、お清のこともわからない。

もっとも訪ね歩く長屋に、お清という名の女は何人かいたが、洋之助から見せられた似面絵には似ても似つかない女だった。

お清は二十二だというし、器量も悪くない。控えめで挨拶もできるおとなしそうな女というのが、聞いた印象である。

（もっと遠いところに住んでいるのかもしれない）

十内は町屋の向こうに浮かぶ空を眺めた。刷毛《はけ》ではいたようなうすい雲が浮かび、鳶が舞っている。

お清探しは一筋縄ではいかないようだ。ならば各町の自身番をあたっていこうと決めた。町方の同心は、自身番めぐりを日課にしているし、お清探しをやっている洋之助も自身番にあたりをつけているはずだ。

そんなこんなで時間はどんどん過ぎていった。十内のなかに焦りが生まれる。お夕がどこで何をしているか、どんなことをされているか、そのことを考えると、どうにも落ち着かない。

須田町から三島町にまわってしばらくしたときだった。商家のつらなる裏路地を通りすぎようとしたとき、人を叱る声がした。そっちを見ると、商家の裏木戸から転げるように出てきた女が尻餅をついた。

木戸口には前垂れをした男が立っている。手代のようだ。しばらく女をにらんだあとで、

「まったく、何度同じことをやれば気がすむんだ。旦那さんが目をかけてくださるから黙っているが、こうたびたびだと店の信用をなくして、商売あがったりになる。今度しくじったら首だ。いつでも荷物をまとめられるようにしておくんだ」

「すみません、十分に気をつけますから……」

女は土下座をして頭を下げる。手拭いを姉さん被りにして、やはり前垂れをつけていた。その店の下女のようだ。

「わかったらさっさと行ってこい」

男は裏木戸をぴしゃんと閉めた。

取り残された女は両手をついたまま、悲しそうにうなだれていた。肩が小さくふるえているので泣いているのかもしれない。表面は愛想がよくても、商売というのは厳しい。別段めずらしい光景ではなかった。

十内はそのまま行きすぎようとしたが、やはり気になって女に近づいていった。

「おい、大丈夫か。何やら粗相をしたようだが、ひどい叱られようだったな」

「わたしがいたらないからなんです。申しわけありません」

「何もおれに謝ることはない。突き飛ばされたようだが、怪我はないか？」

女は大丈夫ですといって、着物の袖で涙をぬぐうと、ゆっくり立ちあがって頭を下げた。

「ご親切ありがとうございます」

「お使いのようだが、気をつけて行くんだ」

「はい」

女はこくんとうなずき、十内を一度見て背を向けた。

瞬間、十内は目をみはった。

（まさか、お清では！）

六

「おい、ちょっと待て」

声をかけると、女がゆっくり振り返った。真昼の光を浴びたその顔は白かった。

「おまえさん、名は何という？」

「……清ですが……」

女が小首をかしげて答え、すんだ瞳を向けてきた。十内はまさかこんなところでお清を見つけられるとは思わなかった。

「ちょいと話をさせてくれねえか。ここじゃ何だ、どっかその辺に行こう」

腕をつかむとお清は少し抗《あらが》い、

「なんの話か知りませんが、わたしには仕事があります。怠けるとまた手代さんに叱られますから、ご勘弁ください」

といった。

「大事な話なんだ。いいから来てくれ」

十内に腕をつかまれたお清は、それ以上の抵抗はせずに黙ってしたがった。

少し行った松田町に小さな茶店があったので、十内はお清を店の隅にいざなって向かいあった。

「おまえは、永富町の鶴吉の家にときどき出入りしていたお清だな」

そういうと、お清は驚いたように目をみはった。

「どうして、そんなことを……」

「おれはこんななりをしているが、町方の息のかかった男だ。鶴吉が殺されたのを知っているか?」

　お清は「えっ」と、驚き顔になって、それはいつのことですかと顔をこわばらせた。

「知らなかったのか?」

「どうして、なぜ、あの人が……」

　お清は狼狽《うろた》えたように、また信じられないという表情をした。

(この女は下手人ではない)

　十内は直感で思った。それでも芝居をしているかもしれないので、じっとお清の目を見つめてつづけた。

「いいか、心して聞け。おまえには殺しの疑いがかかっている」

「まさか、なぜわたしが疑われるのです。そんな恐ろしいことはしていません。でも、鶴吉さんがほんとうに……」

「三日前、鶴吉は神田堀で土左衛門になっていた。腹を刺され、右手の五本の指がすっぱり切られていたという」

「そんな……」

お清は両手で顔をつつむようにして、体をふるわせた。

「三日前と四日前、おまえはどこで何をしていた？」

「店にいました。休みは月晦日に一日もらえますけど、あとはずっと店ではたらいています」

「嘘じゃねえな」

「嘘なんか申しません」

「鶴吉に最後に会ったのはいつだ？」

「……半年ばかり前です。あの人のおかみさんが死んでからは会っていません。いえ、死んだあとで一度会いましたが、それきりです」

「鶴吉夫婦とおまえは、どういう仲だったのだ？」

「なぜ、そんなことをいわなければならないんです」

「おれにいいたくなければ、町方に突きだすだけだ。鶴吉を殺した疑いがあるってことでな」

「そんな、わたしはやっていません。わたしにはできないことです。御番所の世話になれば、わたしはほんとうに店を追いだされてしまいます」

「そうなりたくなかったら正直に、おれに話すことだ。悪いようにはしない。さあ、教えてくれるか……」

お清はしばらく躊躇《ためら》っていたが、あきらめたように話しだした。

それは鶴吉と知り合ってから、身代わりに寄場に送られたこと、寄場から出たあとで、鶴吉がお秀という女と住んでいたことなどを、手短に話した。

「それじゃおまえは鶴吉にまんまと嵌《は》められ、裏切られたってことじゃないか」

「……あのときは鶴吉さんとお秀さんを恨みました。殺したいぐらい憎みました。でも、わたしにはそんなことはできなかったし、鶴吉さんに未練があって……」

「それで……」

「はい、わたしを引き取ってくれた従姉のお定さんに、何もかも話したんです。そうすると、そんな男のことは忘れてしまえ、かかわってもいいことはないと諭されました。お定さんの旦那さんも、やめておけ、そんな男に未練を残しても百害あって一利なしだといわれまして……なんとか忘れようとしたんですが……」

「ふむ」

「わたしは鶴吉さんに騙されたといっても、寄場帰りの女です。雇ってくれる店はなかなかありませんでした。それでやっと雇ってくれたのが、いま世話になっている相馬屋《そうま》です」

「相馬屋の商売は?」

「損料屋です。仕事はきついし、おかみさんはわたしにつらくあたるし、手代さんは怒りっぽい人で、いつも怒鳴られてばかりです。粗相はしたくないんですけど、あの人たちの前に出ると、うまくしゃべることができないし、身がすくんでしまって、いつもの自分でなくなるんです。そうなってはいけないと思うんですけど、どうにもならずに……。でもあの店を追いだされたら、わたしには行くところがありません。辛抱して、しがみついているしかないんです」

「それはわかったが、ときどき鶴吉の家に行っていたそうじゃないか」

「……やはり未練があったんです。鶴吉さんに真人間になってほしくて……。余計なお節介だとわかっていたんですけど、お秀さんといっしょにいると鶴吉さんは、まっとうな人生を歩けないと思ったし、幸せになれないと思ったんです」

「すると鶴吉をなんとか諭して、まともな道を歩けるようにさせたかったと……」

「でも、無駄なことでした。あの人は博奕《ばくち》で金をすると、わたしに無心に来ました。わたしは少ない給金ですが、贅沢はしないので小金がありましたから、困った顔を見ると、つい情にほだされて貸してしまって……。それで貸した金を返してくれといって訪ねて行ったりしました。でも、気の毒がって貸したのに、嫌みをいわれたり、ひどいことをいわれて追い返されたり……ほんとにわたしは馬鹿でした」

「お人好《ひとよ》しにもほどがあるってもんだ」

十内はあきれてしまった。

「でも、お秀さんが死んだあとで、鶴吉さんの本性がやっとわかったんです。お秀さんが死ぬと、あの人は掌《てのひら》を返したように、わたしにいい寄ってきました。やっぱりおまえしかいない。じつはお秀とはうまくいっていなかった。お秀の手前、おまえにつらくあたっていただけで、心はおまえにあったなどと……。わたしにはそれが空々しく聞こえて、急に悲しくなりました。どうしてこんなひどい、情のない男に惚れてしまったのだろうかと、自分の愚かさを初めて思い知ったのです。だから、それ以来あの人に会うのをよしたんです」

十内が鶴吉の長屋で聞いたことと、お清の話に齟齬《そご》はなかった。

「三日前も四日前もおまえは店にいた。それはほんとうだな」

十内は念のためにもう一度聞いた。

「まちがいありません。店の人はみんな知っています」

お清の話にもその目にも嘘は感じられなかった。十内は信じることにした。

「いずれ町方から話を聞かれるかもしれないが、おれに会ったことはしばらくないしょだ。おまえに疑いのかからないようになんとかしてやる」

お清は十内をまじまじと見た。十内の真意がわからないという顔つきだった。

「そうしないと、おまえは店を追いだされるんじゃないのか……」

お清の目にふわっと涙が浮かんだ。それから、ありがとうございますと頭を下げ、

「苦しいことやつらいことはいつもすぐ手の届くところにあるのに、幸せというものは届きそうで届かないところにあるんですね。そんなことはわたしだけなんでしょうか……」

と、涙声でしみじみとつぶやいた。

十内はまたもや心を打たれた。何と純真でうぶな女なのだろうかと。ひたすら自

分の心に正直に生きている女を、久しぶりに見た気がした。

「お清、おまえだけじゃないさ。みんな苦しみながら生きてるんだ。とにかく、おれが何とかしてやる。それまであまり人に顔を見られないようにしておけ。外を出歩くときはとくに気をつけるんだ」

「……そうします」

「手代に叱られるといけねえ、早くお使いに行って帰るんだ」

お清は小さく頭を下げると、茶店を出ていった。十内はそれを見送ってから立ちあがった。

七

十内はその日、ついに洋之助に会えなかった。といってもまだ夕暮れ時分である。

江戸の町は西日につつまれ、空には夕焼けができていた。

孫助に会ったのはそんなころだった。例によって栄という飯屋である。お世辞にもきれいとはいえない店である。戸障子は赤茶けて破れ放題だし、店の壁板は剝《は》がれかかっているし、窓の格子もまともについているのはない。それでも店がつぶれないのは、安いからである。安いといっても、料理はそれなりの味である。

孫助は秋茄子《なす》の深漬けを肴《さかな》に、酒をちびちびやっていた。

「先生に頼まれたことはちゃんと調べがつきました」

十内が目の前に座るなり、孫助は目尻に深いしわを走らせた。

「教えてくれ」

「鶴吉って掏摸は、千住を根城にしている水道尻の富蔵《とみぞう》という掏摸の仲間でした。富蔵の仲間は散り散りになっているそうで、鶴吉をよく知っている掏摸がわかりやした」

「誰だ？」

「へえ、金三郎《きんざぶろう》という男です。吉原通いの客を狙うのが専門だそうで、仲間内じゃ衣紋坂《えもんざか》の金三郎と呼ばれているそうで……」

「そいつにはどこへ行けば会える？」

「暗くなると吉原の大門《おおもん》前や土手八丁を流しているそうで……昼間は聖天町《しょうでんちょう》あたりをぶらついているとか……」

「浅草《あさくさ》聖天町だな」

「へえ。それでお清って女のことですが、ちょいと待ってくれますか」

「それはもういい。おれのほうであたりがつけられそうだ。人相書きと似面絵は返してもらおう」

「いいんで……」

十内はお清の人相書きと似面絵を受け取った。

「それで、たがめの文五郎という名を聞いたことはないか？」

「はあ、たがめの文五郎ざんすか」

孫助は酒臭い息を吐きかけて、小さな目をしょぼしょぼさせる。

「そいつのことを知りたい。調べてくれ。それからもうひとつ、大変なことがあった。お夕が何者かに攫われちまったんだ」

「え、あの別嬪《べっぴん》のお嬢様がですか？　いったいどういうことで……」

孫助は目と同様に、ぽかんと口を開けた。

「どういうことか、そりゃ攫ったやつに聞かなきゃわからねえことだ。だが、こいつがお夕を攫った仲間のひとりだ。伊三次という名だ。こいつのこともあたってくれないか」

十内は伊三次の似面絵を孫助にわたした。


日が暮れた。

格子窓の障子を見て、それとわかる。昼間、その障子には木の枝の影が映り、暮れてゆくとともに見えなくなる。

お夕はぐすんと洟《はな》をすすった。泣き疲れていた、わめき疲れていた。だが、もう半分あきらめかけていた。どうやっても逃げられない。許しや慈悲を請うても、丹治という男は、ただにたにた笑っているだけだった。

何のために自分を攫ったのか何度も訊ねたが、いまにわかる、心配することはない、きっと大事にされるだけだという。だけれど、丹治の意地の悪そうな切れ長の目の奥には、いやらしい企みが隠されていた。気色悪い男だった。

「由梨ちゃん……早乙女さん……」

お夕は膝を抱えてつぶやいた。心細くてしかたがなかった。どうしてこんな目にあうのかわからなかった。あまりにも理不尽すぎるが、世の中にはこんな怖いことがあるんだと思い知らされていた。

　お夕は四畳半の布団部屋に閉じ込められていた。襖《ふすま》の向こうには見張りがいる。厠《かわや》に行きたいといえば、その男が案内してくれる。座敷を抜けて、廊下をわたって厠に行くのだが、その家がかなり大きな家だとわかった。

　そして、いくつかある座敷には得体の知れない男たちがいた。ひそひそとかわされる声や、下がかった話をしてどっと笑う声が聞こえた。何人いるのかわからないが、少なくとも五人はいそうだった。いや、もっと多いかもしれない。

「おい、生きてるか」

　襖の向こうから声がかけられたので、お夕ははっと顔をあげた。襖がそっと開き、丹治が顔をのぞかせ、勿体ぶったように入ってきてお夕の前に座った。

「もうすぐ、親分が帰ってくる。そうしたら挨拶をするんだ。わかったな」

「いつ帰してもらえるの？」

「そりゃあおれに聞いてもわからねえ。親分次第だ」

「なんで、わたしを攫ったりなんかしたのよ。わたしはあんたたちになにも悪いことはしていないわ」

「うるせえな。なんべんも同じことを聞きやがって。おめえがいい女だからだよ」

「そんなんじゃわからないわ」

「ふん、まあいいさ、親分が帰ってきたらわかるってもんだ」

「その親分に挨拶をしたら帰してくれるのね」

「さあ、それは……」

丹治は耳に突っ込んだ指を鼻の前に立てて、ふっと吹いた。

「こんなことしてただじゃすまないわよ」

「そんなこたァ、百も承知の助だ。おめえにいわれるまでもねえ。だが、おれたちの身に災いなんか落ちっこねえさ」

丹治は余裕の顔でいう。皮肉そうに曲げた口の端にいやらしい笑みを浮かべ、お夕の顎をするっとなでた。お夕は一瞬にして、総毛立った。

「さわらないでッ」

気丈に目を厳しくしてにらむと、丹治はまた楽しそうな笑みを浮かべた。そのとき、座敷から声がかかった。

「おい丹治、親分のお帰りだ」

丹治は後ろを振り返って、わかりましたと答えた。

「お夕、潔くあきらめりゃ気が楽になるってもんだ。ちょいと待ってな。いま、親分におまえのことを伝えてくるからよ」

丹治はそういって布団部屋を出ていった。

襖が閉まったと同時に、お夕はぶるっと肩をふるわせた。背筋がざわめくような強い不安感に襲われ、大声をあげたい衝動に駆られた。

背後の障子窓が、風のいたずらでカタカタと小さな音を立てた。そして、また畳をすって近づいてくる足音がした。がらりと襖が開き、丹治が姿を見せた。

「お夕、来るんだ。親分が会いたがっている」

第四章　宙吊り

一

　広座敷に入ると、上座にたがめの文五郎がでんと座っていた。身の丈六尺三寸（約百九十センチ）はあろうかという長身で、肉づきもよい。脂ぎった顔が百目蠟燭のあかりを照り返していた。ぎょろりとした目でにらまれた丹治は、一瞬身がすくみそうになったが、すぐに連れてきたお夕に文五郎の目が向けられて、ほっと胸をなでおろす。

　それでも、文五郎の前に来ると身も心も緊張する。文五郎の左には、九鬼左馬之助《くきさまのすけ》。右には土田小源太《つちだこげんた》が控えている。二人は文五郎の用心棒で、練達の剣客だと聞いている。

文五郎は長々とお夕に目を向けていた。お夕は居心地が悪いのか、尻をもぞもぞ動かしているが、文五郎の視線を外せないでいた。

（どうやら気に入ってもらえたようだ）

丹治は内心でほくそえみ、親分が喜んでくれさえすれば満足だと思った。そうすればちゃんと盃《さかずき》をもらえる。文五郎一家に名を列《つら》ねられる。

そう思った丹治が口の端をゆるめたとき、文五郎が声をかけてきた。地鳴りのような低くて、人を威圧する声だった。

「丹治、どうやってこの女を連れてきた？」

「へえ、ほうぼうで品定めしても、親分の気に入るような女はなかなかいませんで、それで半分あきらめかけていたんですが、ひょいとこの女を見ましてね」

「おめえが見初《みそ》めたわけだ」

「へえ、親分の眼鏡にきっと適うと思いまして……いかがざんしょ」

文五郎はふんと鼻を鳴らして、お夕に顔を向けた。

「名前は？」

「……お夕です」

お夕は一度生つばを呑んで答えた。

「いい名だ。それになかなかの器量だ。まさか、手荒なことをして連れてこられたんじゃねえだろうな」

「親分、それはありませんで。親分がお出かけと知って、大事に扱って待たせてい……」

「黙れッ。おめえに聞いてるんじゃねえ、お夕に聞いてるんだ」

怒鳴られた丹治は「へッ」と言葉を呑んで、肩をすぼめた。どうなんだと、文五郎がお夕に聞く。

「ひどいです。いきなり後ろからやってきて口を塞《ふさ》がれ、短刀を突きつけられたんです。生きた心地がしなかったわ。ここに連れてこられてからは狭い布団部屋に押し込められて……早く帰してください。わたしは何も悪いことしていないわ。早く帰してよ」

お夕は叫ぶように一気にまくし立てた。最後は涙声になっていた。

文五郎はふうと息を吐くと、丹治をにらんだ。

「おい、丹治。すると、おめえはお夕を拐《かどわ》かしてきたのか？」

落ち着いた口調だった。

「ま、早い話がそうなります」

「べらぼうめ」

「は……」

丹治は、眼光鋭くなった文五郎を不思議そうに眺めた。

「べらぼうだといってるんだ！　こっちに来やがれッ！」

丹治はなぜ文五郎が怒っているのかわからず、目をしばたたき、まわりのものたちを眺めた。そこには用心棒をのぞいて、文五郎から盃をもらった子分たちが八人ばかりいたが、揃ったように顔を伏せ、丹治から目をそらした。

「来いといってんだ。聞こえねえのか」

再び低く静かな声でいわれた丹治は、おそるおそる尻をあげ、文五郎のそばに行った。とたん、拳骨《げんこつ》で頬桁を殴られ、二間《けん》ほど吹っ飛んであおむけに倒れた。目から火花が散り、頭がくらくらして、いったい何が起こったのかしばらくわからなかった。

「何もわかっちゃいねえな。この与太公が。おれは拐かしてこいといった覚えはねえ。いい女を連れてこいといっただけだ。相手に承知をさせて、連れてこいとな。それをてめえは、攫ってきやがった。とんだ間抜け野郎だ。おれの盃がほしかったら、そのぐらいのこたァ考えるってもんだ！　このまんまじゃ罪人になっちまう。それともてめえは、おれの手を後ろにまわしたいから、こちらの姉さんを攫ってきたっていうのか」

「い、いいえ、そんなことは……滅相もありませんで……」

丹治は顔を青ざめさせ、心底ふるえあがっていた。小便をちびりそうになったから股間を押さえたぐらいである。だが、腹の底では文五郎に反撥《はんぱつ》していた。

（なんでえ、それならそれといってくれたらいいじゃねえか。ちくしょう。苦労して連れてきたってェのに、みんなの前で恥をかかせやがって……）

「丹治、なんだその面は。何か気にくわねえことでもあるのか」

「い、いえ……」

丹治はちくしょうと、もう一度腹のなかで吐き捨ててうつむいた。

「お夕といったな。せっかくだ、こっちに来て酒の相手をしてもらおうか。おい、酒の用意だ。丹治、てめえはそこで頭を冷やしてやがれ」

文五郎の指図でまわりの男たちがてきぱきと動きはじめた。丹治は邪魔にならないように部屋の隅へ移り、縮こまったように座っているしかなかった。

（くそッ、おもしろくねえ）

お夕は気乗りしないが、丹治を叱りつけた文五郎のそばにいっておそるおそる座った。岩のように大きな男だった。隆とした肩、はだけた胸も厚く、腕は丸太のように太いし、鬼瓦のような顔の造りにも迫力があった。

お夕は圧倒され、萎縮《いしゆく》してしまう。この人はいい人なのだろうか悪い人なのだろうかと訝《いぶか》しむが、少なくとも丹治よりはましな気がした。

男たちが小気味よく動き、あっという間に膳部が調えられた。

「姉さん、酌をしてくれるか」

文五郎が盃を差し出したので、お夕はおそるおそる酌をした。大きな手なので、盃がずいぶん小さく見えた。

「心配するな。ちゃんと送り届けてやる」

その言葉に、お夕は心底救われた気がした。

「今夜のうちに家に帰してもらえるんですね」

お夕は大きな文五郎を見あげて訊ねた。

「あんたのような堅気の女に、悪いことはできねえ。丹治の野郎にはちゃんといい聞かせておくから、勘弁してくれねえか」

「あ、いえ、はい……」

しどろもどろの返事をすると、文五郎がにやりと笑った。強面《こわもて》の顔に似合わず、妙に人を惹《ひ》きつける笑みだった。親分といわれる男だけあり、それなりの魅力があるのだろう。

文五郎は酒を飲みながら、お夕にあれこれ訊ねた。家はどこだ、親は元気か、普段は何をしているんだなどと。

お夕は正直に答えていった。早く帰してもらいたいが、小さな宴が終わるまでは我慢するしかないのだろうと思う。それにしても、女気のない家である。まわりにいるのは男ばかりで、それも一癖も二癖もありそうなものばかりだった。

ときどき丹治に目をやったが、じっとうなだれて座っているだけだった。いい気味だと思うが、おっかない男たちのなかにいるのだから、生きた心地ではなかった。

二

十内は掏摸の鶴吉殺しの容疑をかけられているお清を見つけたというより、偶然出会ったのだが、お夕探しの協力を得るための服部洋之助にはついに会えなかった。

その代わり、家の近くで仁杉又兵衛にばったり出くわした。

「早乙女、いいところで会った」

仁杉は声をかけてくるなり、近づいてきた。暗くなっているので、三吉《さんきち》という小者が提灯で足許を照らしていた。

「その後どうだい？」

そう聞かれても十内にはなんと返答すればよいかわからない。緑橋で起きた殺しの下手人の手掛かりはなにもつかめていないし、お夕は何者かに攫われているままだ。そして、鶴吉殺しの容疑のあるお清に会い、ひそかに匿《かくま》っている按配《あんばい》である。

「なんだ、浮かぬ顔をして……」

「いろいろとありまして」

「ちょいとそこの蕎麦屋に行こうじゃねえか。話もある」

「わたしにもあります」

ほうと、仁杉は顔を向けてきて、緑橋そばのあずさ屋に入った。二組の客がいたが、十内と仁杉が店に入ると、その客はつぎつぎと勘定をして出ていった。十内は仁杉と向かいあって座ると、もりそばを注文した。

「おまえの話から聞こう」

仁杉が話をうながした。

「この店のそばであった殺しですが、女が死ぬ前に、〝たが〟という短い言葉を、二回つぶやきました」

「ふむ」

「その意味がわかったような気がするんです」

「なんだ」

「本所に小普請入りをした近藤という旗本がいまして、その殿様が町のごろつきにいやがらせを受けているんです。それでそのごろつきを探しますと、丹治というどうしようもない男でした。その丹治は相手が誰だろうが、どうにもふてぶてしい野郎で、どこにそんな自信があるのかと思い、あれこれ訊ねますと、たがめの文五郎という男が背後にいるようなんです」

「たがめの文五郎……。江戸の博徒だったら大方知っているが、聞いたことのない名だな。博徒じゃないのか……それとも新参者かもしれねえな……」

「それはともかく、殺された女が口にしたのは、そのたがめの文五郎のような気がするんです」

「聞き捨てならぬことだ。それでそのたがめの文五郎の居場所はわかるのか？」

「手先を動かしていますので、明日あたりわかるかもしれません」

「おれのほうでもよくよく調べてみよう……」

そばが運ばれてきたので、割り箸を使ってそばに取りかかった。つゆもさることながら、麺の腰がよい。風味も悪くない。

「もうひとつ。わたしの家の隣に住む女がいます。仁杉さんも知っているお夕ですが、何者かに攫われているんです」

「なんだと……」

仁杉は大きく眉を動かして驚いた。

「相手は三人です。ひとりは伊三次という名で、こんな野郎です」

　十内は狩野祐斎が描いた似面絵の一枚を仁杉にわたした。仁杉はそれを一瞥《いちべつ》して、小者の三吉に見せた。

「見たことはないか？」

　三吉は伊三次の似面絵にしばらく目を凝らしたが、首をかしげて見たことはないといった。小さな期待をしていた十内は、短く嘆息して残りのそばを平らげた。

「服部から話がいっているかどうか知らないが、おれの探索は手が足りなくなった。服部は掏摸の鶴吉殺しの下手人探しにかかっている」

「聞いています」

　容疑者のお清に会ったことは伏せて答えた。

「だったら話が早い。ひとりでも手は多いほうがいい。おれの助を頼む」

「それはやりますが、おれはお夕探しを急ぎたいんです。まさかそんなことはないと願いますが、殺されちゃかないません。死んだ人間は帰っちゃ来ませんが、お夕はまだ生きているはずです。おれはそう信じていますから……」

「それには、伊三次という男を探さなきゃならないってことか」

仁杉は伊三次の似面絵に視線を戻してつぶやいた。

蕎麦屋を出ると、十内と仁杉は右と左に分かれた。空には寒々とした月が浮かんでいた。風が冷たい。半月前まではときどき夏の名残を思わせる、生ぬるい風があったが、いまは冬の寒さを思いださせるような夜風が吹いていた。

「早乙女さん……お夕ちゃんは……」

家の戸を開けるなり、由梨が聞いてきた。待ちくたびれたその顔には、心配の色がありありと浮かんでいた。

十内が首を横に振ると、由梨は大きく眉をたれ下げ、がっくりうなだれた。

「由梨、あきらめちゃいけねえ。お夕は必ず取り戻してみせる。焦らずに待つことだ」

「でも……」

由梨の大きな目に、涙が浮かんでいた。

「打てるだけの手は打った。明日はきっと何かいい知らせがあるはずだ」

気休めかもしれないが、そういうしかなかったし、お夕を探すための努力はしている。十内も由梨同様に心配でならないが、お夕の無事を祈るしかなかった。

「飯は食ったか?」

由梨は首を振って、食べる気になんかなれないわと、大きなため息をついた。

三

丹治はお夕に逃げられないように、ぴったりついていた。だが、お夕は帰りを急ぐように早足になる。そのことにたまりかねた丹治は、お夕の帯をしっかりつかんだ。お夕がギョッとした顔を向けてくる。

「親分にいわれてんだ。おめえをしっかり送り届けろとな。おめえに逃げられたら、おれはまたどやされちまう。変に逃げようとしたら、ただじゃおかねえ」

「そんなことしたら、またあの親分に怒られるんじゃないの」

「ナマいうんじゃねえ」

丹治はお夕をにらみつけて、逃げられないように帯をつかみなおす。腹が立っていた。それは、たがめの文五郎に対してだった。

いいつけどおりに、女を連れて行ったのに、恥をかかされた恰好だ。考えれば考えるほどむかっ腹が立つ。あんな気取った親分なんかいらねえと、半ば捨て鉢になり、こっちから縁を切ってやると決めた。

（おれはおれのやり方で生きてゆく。にわかやくざの親分なんかどうだっていい。おれが強くなりゃいいだけのことじゃねえか。強くなって文五郎をつぶしてやる。おお、そうしてやろうじゃねえか）

丹治は目をぎらつかせて遠くの闇を見据えると、お夕を自分のものにしようと思った。

丹治とお夕は神田明神前の坂を下っていた。町木戸が閉まるにはまだ時間があるので、居酒屋や料理屋のあかりがあちこちに見えるし、提灯をさげて歩く男や女の姿もちらほらと見える。

「腹が減った」

丹治はつぶやいた。お夕がキッとした目を向けてくる。きれいな女だけに、その顔がきつく見えた。そんな顔を見ると、丹治のなかでいたぶりたいという欲望が高まった。

「何も食ってねえんだ。みんないい気になって飲んだり食ったりだ。それなのにおれはうまい飯を前にして、お預けを食らっている犬じゃねえか。知ってるだろ」

「わたし、ひとりで帰れるから放してよ。あの親分に聞きに来られても、ちゃんと送り届けてもらったというから……」

「だめだ。おれといっしょに飯を食うんだ。おめえもろくに食っちゃいねえだろう」

「お腹なんか空いてないわ」

「おれは腹が減ってんだ。黙って歩け。妙なことしたらずぶりといく。おれは本気だ。もう、あの親分とは手を切ることにした。これからはおれのやりたいようにやる」

お夕は怖気《おぞけ》だった顔を向けてきた。そして、丹治が脇腹に突きつけた匕首《あいくち》を見て、顔をこわばらせた。

「ちょ、ちょっと話がちがうわ。これじゃ……」

「黙れッ。いいからおとなしく歩くんだ。ちょっとでも妙なことをしたら、刺すだけだ。無駄口もたたくんじゃねえ」

丹治はお夕にぴったり体を寄せて歩いた。他人が見てもおそらく不思議がられないはずだ。単に仲のよい夫婦者だと思われるだけだろう。現にすれ違った男や女も、とくに気にする素振りはなかった。

丹治は湯島一丁目から神田《かんだ》旅籠町《はたごちょう》を抜け、神田相生町の武家地に向かった。空き家となっている旗本屋敷があった。ときどき、賭場に使われるぐらいで、いまのところ誰も住んでいなかった。それに今夜博奕があるという話は聞いていない。

「どこへ連れて行くのよ」

「いいから黙って歩け」

「お願いだから帰して。どうしてこんなことをするの？　もう許してくださいよ」

「なんだい、今度は泣き言かい。へん、おれを舐めんじゃねえぜ」

丹治は足を速めた。お夕も匕首を突きつけられているので、歩調を合わせて歩く。

やがて、めざす空き屋敷の前に来た。表門は閉まっているが、裏の木戸口は格子の隙間からちょいと片手を入れれば、閂《かんぬき》を抜くことができた。

丹治は一度あたりを見まわして、屋敷のなかにお夕を突き飛ばすように押し入れた。それから座敷にあげると、見つけた荒縄で猿ぐつわをして、後ろ手に縛りつけ、さらに逃げられないように柱に縛った。

何もできなくなったお夕は、目に涙をにじませて、猿ぐつわの間から慈悲を請う声を漏らしたが、それは低くうめく声にしか聞こえなかった。

「これからおれの宴会だ。たっぷり楽しもうじゃねえか」

丹治はお夕のすべすべした頬を、するりとなでると楽しそうな笑みを浮かべ、

「これから酒と肴の用意だ。仲間を呼んでくるから待ってな」

と、いいおいて座敷を出た。背後でお夕がもがいて、うめきを漏らしていたが、丹治はますます楽しくなった。


炊きあがっただろうと、ころ合いを見計らって竈にかけた飯釜の蓋《ふた》を開けると、湯気といっしょに香ばしい匂いが鼻腔をついた。

味見をするまでもなくうまいと、十内にはわかる。椎茸《しいたけ》のまぜご飯だった。それを飯碗に盛って、居間でしょんぼりうなだれている由梨のもとに運んでいった。

「さあ、食え。何も食わなきゃ体に毒だ」

由梨は椎茸ご飯を見てから、十内を惚《ほう》けたような顔で見た。

「早乙女さん、やさしいんだね」

そういう目に、また涙を浮かべる。

「お夕が帰ってきたときに、おまえが寝込んでいたらどうしようもないだろう」

「……ぐすん、そうだね」

由梨はいただきますといって、やっと箸を取った。

「先生、先生……」

玄関でそんな声がした。十内は一瞬考えてから、孫助だと察した。

「おう、いま開ける、待ってろ」

何かあったのだなと思って、玄関にすっ飛んでゆくなり、戸を引き開けた。孫助は膝に両手をついて、息を喘《あえ》がせていた。

「どうした？」

「伊三次って野郎を見つけたんです」

「なに、ほんとうか？」

「それで、野郎の家まで尾けていくと、すぐに仲間がやってきて、揃って出かけやがんです。どうもありゃ様子がおかしいですぜ」

「おかしいって、どういうことだ？」

「それはよくわからないんですけどね、空き家になってる旗本屋敷にしけ込んだんです。それも酒や食い物を持ってです」

「お夕は見たか？」

孫助は首を振り、それは見ていないと答えてつづけた。

「あたしのカンですが、その屋敷にお夕さんがいるような気がするんです」

十内は由梨を振り返った。時が止まったように、由梨は飯碗を胸の前に持ったまま顔を向けていた。

「その屋敷はわかるんだな」

「もちろんです」

「案内しろ」

四

「さて、宴会をはじめるか」

さも満悦な顔で丹治は、目の前に縛って転がしているお夕を眺めて、舐めるように酒を飲んだ。

「文五郎親分には気に入られなかったのかい？」

八郎太が鯣《するめ》を齧《かじ》って顔を向けてきた。上の前歯が二本欠けているので、間抜けに見えるが、目端の利く男だった。

「気に入っちゃくれたが、おれに好きなようにしろってことさ……」

お夕が首を振ってうめいた。丹治はその様子を眺めながら言葉を足した。

「だがよ、もうあの親分とは縁を切る」

「縁を切るって、おめえはあの親分は男の中の男だといってたじゃねえか。うまくおめえが子分になったらおれたちのことも引き合わせるんじゃなかったのか。なあ」

八郎太は同意を求めるように伊三次を見た。

「まあいいさ、おれはどうでもよかったからよ」

伊三次はそのことには興味なさそうにいう。

「どうせ田舎出の博徒だ。江戸で一旗揚げようとしてるが、うまくいくかどうかわかりゃしねえ。それにいまは縄張り争いの真っ最中だ。どう転ぶかわからねえだろう」

「たしかに。相手は黒門《くろもん》の辰造《たつぞう》一家だからな」

「そうよ。辰造一家といやあ、上野一の博徒だ。容易くねじ伏せられるわけがねえ。おれはしばらく蚊帳《かや》の外から眺めていることにしたんだ」

「それでこの女、転がして眺めるだけかい」

伊三次は涎《よだれ》をたらしそうな顔をしている。

「野暮いうんじゃねえよ。楽しみはこれからだ」

丹治はそういうと、ゆっくり立ちあがってお夕のそばに行った。それからいたぶるようにお夕を眺めるなり、乱暴に襟を開いた。豊かな乳房がこぼれた。まぶしいほど白くて形のいい乳房が、燭台《しょくだい》のあかりにほんのり染まった。

ひょーと、伊三次と八郎太が感嘆の声を漏らして目をまるくした。丹治もその乳房が予想外にきれいだったので、驚いたほどだ。

(こりゃあ、めったにいねえ女だ)

お夕は海老《えび》のように体をまるめてもがくが、後ろ手に縛られているのでどうすることもできない。丹治はお夕の裾をまくりあげた。すらりとした形のよい脚があらわれた。太股にはほどよい肉がついており、股間の茂みはうすく、その下に亀裂が走っている。

ゴクッと、八郎太が生つばを呑んだ。伊三次も唖然とした顔で、酒を飲むのも忘れている。

「丹治、吊したらどうだ」

伊三次がいった。

「そりゃいい考えだ。よし、吊そう。縄を探してこい」

丹治が応じると、八郎太が台所のほうへ行って、太い荒縄を持って戻って来た。

「おめえたちも手伝うんだ」

丹治は縛りつけているお夕の着物を器用に剝いでいった。縛っているので着物は腰のあたりで髱《たぼ》のようにまるめるしかなかったが、それでも上半身も下半身もさらされた。

天井の梁《はり》に荒縄を通して、お夕の腰に縛りつけると、一方を八郎太と伊三次が引っ張った。お夕の体が持ちあがり、上に引きあげられてゆく。

やがて爪先が畳から離れ、お夕は宙吊りになった。お夕が抗うように体を動かすので、何もしなくてもくるりと回転する。猿ぐつわの隙間からうめきを漏らし、両目から涙をこぼすが、またその悲痛そうな表情が色っぽかった。

「いい眺めじゃねえか……」

丹治はもとの席に戻って、宙吊りにしたお夕を眺めた。

「花見なんかより、よっぽどいいや」

八郎太がいえば、

「まったくだ。丹治、まさか他の仲間にも声をかけてるんじゃねえだろうな」

と、伊三次が心配そうにいう。

「他のやつァ知らねえさ。なんだったらみんな呼んでどんちゃん騒ぎやらかすか」

「そりゃねえよ。もったいねえじゃねえか」

伊三次の慌てぶりがおかしかったので、丹治は笑って、

「冗談に決まってらァ。そんな野暮なことするかってんだ。それにしてもおれの目も高いだろう」

と、お夕を眺める。

まったくだと、八郎太と伊三次が納得するようにうなずく。その目はお夕の、美

しい半裸に向けられたままだ。

すらりとのびた脚、引き締まった尻には触り心地のよさそうな肉がついているし、腰は見事にくびれている。張りのある乳房は形も崩れずにそのままである。

お夕は首を振ったり、痛苦しそうに顔をゆがめるが、それがかえって色っぽい。眉間《みけん》に彫られたしわは、淫猥《いんわい》にさえ見える。

三人は言葉少なに酒を飲み、お夕を眺めつづけた。

「さわっていいか……」

我慢しきれない顔で伊三次がいった。

「伊三次、そりゃねえぜ。誰が一番にものにするか順番で決めようじゃねえか」

八郎太が提案するが、丹治はすぐに却下した。

「おい、誰がこいつを見つけて、文五郎親分のところに連れて行ったと思ってやがる」

「おれたちも手伝ったじゃねえか」

伊三次がいえば、そうだと、八郎太が言葉を添える。

「だめだ、最初にものにするのはおれだ。おめえたちはどっちが先にするか、二人で決めろ」

丹治はそういうと、宙吊りにしているお夕に近づいた。太股から尻をなで、それから形のよい乳房を両手でおおった。お夕はいやいやをするように首を振り、慈悲を請う目を向けてくる。

「泣き顔もいいもんだ。いまに気持ちよくさせてやるからな。ちょいと辛抱してりゃいいだけだ」

丹治は薄笑いを浮かべて、ぴたぴたとお夕の尻をたたいた。餅のように肌理《きめ》が細かく、吸いつくような肌である。

「お夕、いい女だ。おめえはおれの女になるんだ」

丹治はとがった乳首をつまみながら、お夕にいい聞かせるようにささやく。いやがる女でも、恐怖を与えつづければ、従順になることを丹治は知っていた。逃げたくても、捕まったときのことに恐怖し、結局は逃げられなくなるのだ。

「いま、おろしてやる。楽しいことしようじゃねえか……」

ふふふと、丹治が笑いを漏らしたとき、表に物音がした。風かと思ったが、玄関の戸が何者かに開けられようとしている。

「丹治、誰か来たぜ」

伊三次が顔をこわばらせたとき、玄関の戸がバリーンと、盛大な音を立てて倒れた。

五

玄関の戸を蹴破って躍り込んだ十内は、式台の先の座敷を見て、一瞬、我が目を疑いたくなった。なんと大事なお夕が、半ば裸にされて宙吊りになっているのだ。

同時にかっと頭に血が上った。

「てめえら……」

あまりの怒りにつづく言葉が出ず、すらりと刀を引き抜くと、座敷に飛びあがった。丹治と伊三次が、脇に飛びのいて匕首を閃《ひらめ》かせた。もうひとりは小太りで前歯の二本がなかった。その男は長脇差に飛びつくなり、刀を引き抜いて十内に剣先を向けてきた。

「お夕を攫っていったのはてめえたちだったか。どうしようもねえ蛆虫《うじむし》めッ」

十内は目をぎらつかせて、丹治と他の二人をにらみつけるなり、刀を素早く振って、相手を威嚇《いかく》した。その鋭い斬撃に、丹治は半間ほど下がり、

「八郎太、刀をおれに貸すんだ」

と、前歯のないやつにいった。

その間に十内は前に飛ぶように動き、伊三次の小手を払い、柄頭《つかがしら》で首の付け根をしたたかにたたたいた。

「うぐわッ……」

伊三次が目を白黒させて倒れると、十内は素早く刀を振って、お夕を吊している縄を切った。お夕はどさりと、畳に落ちて必死の目を十内に向けてきた。

「お夕、大丈夫か……」

声をかける矢先に、横合いから丹治が斬りかかってきた。十内はその刀をすり落とすと、返す刀で胴を薙《な》ぐように斬った。だが、丹治は俊敏にそれをかわして、壁に背なかをぶつけた。

「ぶっ殺してやる」

丹治が牙《きば》を剝《む》く顔で吐き捨てた。

「やれるもんならやってみやがれ」

十内は横から匕首で突きにきた八郎太の足を払って倒すなり、横腹をしたたかに蹴り飛ばした。

「うっ……」

八郎太は腹を押さえながらのたうちまわった。

その間に、丹治が背後から襲いかかってきた。十内は油断しているつもりはなかったが、右肩の後ろを斬られて、思わず片膝をついた。さっと振り返ると、丹治が大上段から刀を落としてきた。

十内は横に転がりながら、丹治の脛《すね》を狙って斬りつけたが、空を切っただけだった。

「いらねえ邪魔をしやがって、この借りはきっちり返させてもらうぜ」

丹治はそう吐き捨てると、どうにか立ちあがった仲間に顎をしゃくって屋敷を飛びだしていった。十内は表まで追ったが、お夕のことを思って引き返した。

「お夕……」

声をかけて、縛《いまし》めを切り、猿ぐつわを外してやると、お夕が胸に飛び込むようにしてしがみついてきた。ぶるぶると体をふるわせ、怖かったと何度もつぶやいた。

「早乙女さんが来てくれなかったらあたし……どうなっていたか……」

「もう心配はいらねえ。それより、着物を……」

十内はそっとお夕を離すと、着衣を整えてやった。こんなときに不謹慎ではあるが、初めてお夕の裸に近い体を見て、なんと均整の取れた美しい体なのだと思った。

「吊されただけで乱暴はされていないんだろうな」

そのことが一番の心配だった。お夕はかぶりを振って、

「何もされていないわ」

と、いって嗚咽《おえつ》を漏らして、またもや十内に抱きついてきた。十内はそっと受け止めたが、斬られた肩の傷が疼《うず》いた。

「お夕、早く家に帰ろう。由梨も心配をしている」

「そうね」

お夕はぐすんと洟をすすって、十内を見つめた。

「おまえには泣き顔は似あわねえ。さあ」

そういって立ちあがったとき、お夕が十内の傷に気づいた。

「早乙女さん、血が……」

「かすり傷だ」

十内はお夕の手を引いて表に出た。一度周囲を見たが、丹治らの姿はもうどこにもなかった。歩きながら、どうやって攫われたのかを聞いた。

お夕は攫われてからのことを詳しく話した。

「それじゃ丹治の野郎は、その文五郎というやくざにおまえを差しだすつもりで……」

「でも文五郎って人は、わたしが攫われてきたと知ったら、丹治を叱りつけてわたしをちゃんと送り届けるようにいいつけたの。ところが丹治は、文五郎親分の家を出てからわたしに刃物を突きつけて、さっきの屋敷に連れ込んで……」

「それじゃ丹治は文五郎に逆らったということになるな」

「そうだけど、まだ丹治は文五郎の子分にはなっていないの。それに、叱られたことに腹を立てたらしくて、文五郎とは縁を切るといっていたわ」

「どうにも始末に負えねえ野郎だ。やつにはきつい灸を据えるしかない」

応じる十内は、絶対に丹治を許さないと決めていた。近藤友次郎のこともあるが、此度《こたび》のお夕の一件で、抑えようにも抑えられない怒りを覚えていた。さらに、不覚ではあったが斬られもしたのだ。

自宅に帰ると、待っていた由梨が待ちぼうけを食らっていた子犬のように飛んできて、お夕をひっしと抱きしめた。

「よかった、どうなったのかと眠れないで心配していたのよ。無事だったのね、何もなかったのね」

由梨は泣きながらお夕に慰めの言葉をかけつづけた。お夕もそんな由梨のやさしさに心を打たれたらしく、涙をあふれさせた。

その後、二人が落ち着いたところで、十内は傷の手当てを手伝ってもらった。さいわい傷は浅く、すでに出血は止まっていた。

「お夕、疲れているだろう。今夜はゆっくり休むんだ。それからしばらくは他出《たしゅつ》を控えろ。あの丹治という野郎が、またちょっかいを出してこないともかぎらぬ」

「そんなことあったら困るわ」

「そうさせないように、明日にでもやつを見つけて思い知らせてやるが、気をつけるに越したことはない」

「はい、でも早乙女さん、傷は大丈夫」

「懸念無用だ。おれの体はさいわい頑丈にできているからな」

十内は安心させるように微笑んでやった。

六

丹治は伊三次の家で、じっとしていた。八郎太は帰ったので、伊三次と二人だけだった。

「さっきから何を考えてるんだ」

伊三次が酒徳利を前に置いて聞いた。

「さっきの野郎のことだ。どうしてあそこがわかったんだ。それになんであの野郎が出てきやがったんだ」

「そりゃ……」

伊三次は口をつぐんで、そういわれりゃ何でだろうと、首をかしげた。

「あの派手な侍の名はなんといった」

「風柳十内じゃなかったか……」

「そういっていたな。くそったれ、せっかくの楽しみをあの野郎……」

丹治は欠け茶碗をつかむと、それに酒をなみなみと注いだ。

「このままじゃすまさねえぜ。それにあの女はおれのものにしてやる」

丹治はお夕の顔と、さっき見たお夕の美しい体を思い浮かべた。鮮明にその像が頭に浮かんでくるので、もったいないと思いもするし、邪魔されたことがいまさらながら腹立たしい。

「丹治、おめえ、本気でたがめの文五郎親分と縁を切るのか」

ふいに、伊三次が思いだしたようにいった。

「ああ、そのことか……」

丹治はどうしようかと迷っていた。文五郎にどやされて腹を立て、もう頼るのはやめようと一旦決めはしたが、やはり文五郎と縁を切るには忍びないものがある。文五郎は大きな男だと思う。体ではない、人間的に丹治は文五郎に魅力を感じているのだった。

初めて文五郎に会ったのは、三月ほど前だった。浅草広小路の雑踏を歩いているときに、ばったり出くわして、声をかけられた。

「おい、若造。威勢がいいな」

丹治が肩で風を切って歩いているのを見た文五郎は、そういって目の前に立ちはだかった。岩のように大きな男なので圧倒されたが、丹治は持ち前の負けん気の強さで、にらみあげた。

「ほう、眼《がん》のつけようも堂に入ってるじゃねえか」

文五郎は余裕の体《てい》で感心した。

「何か用かい？」

「別に用はねえさ。どうだ、暇なら茶でも付き合ってくれねえか。おれはまだ江戸に疎《うと》くてな」

文五郎は親近感のある笑みを向けてきた。普段ならあっさり断るところだが、なぜか丹治は話してみたいと思った。文五郎にはこれまで会った男にはない、人をつつみこむ雰囲気があった。

「……茶を飲むぐらいなら付き合ってもいいさ」

丹治は文五郎の連れている二人の浪人を見て応じた。それから同じ床几に座って、茶飲み話をするうちに、文五郎が川越《かわごえ》を根城にしていた流れの博徒だと知った。

「江戸に腰を据えようと思ってな。できのいい仲間を集めているところだ。見たところ、おめえはなかなか度胸が据わっていそうだ。おれのそばに来れば、そのうち大きな男にしてやるぜ」

「大きな男ってェのは……」

「おれは江戸一番の博徒になる。おまえはその片腕のはたらきをするってことだ。黙ってついてくりゃ、関東に名をとどろかせる博徒にしてやる」

そんなことをいわれたのは初めてだった。じつは、いま文五郎が縄張り争いをしている黒門の辰造にも子分になれと誘われたことがあった。だが、辰造は小柄な初老の男で、迫力に欠けたし、魅力を感じなかった。

ところが、文五郎に誘いを受けたときには、素直にしたがおうという気になった。なにより、文五郎には大きな包容力が感じられた。それは自分を見放した父親にはない、男としての器量だと思った。

「ほんとに江戸一番の博徒になる気ですか？」

いつしか気後れを感じてしまったらしく、丹治は敬語を使っていた。

「江戸一番は足がかりだ。そのうち関東一の博徒一家を作るつもりだ。おまえの腹の据わりようなら、いまよりうんと強い男になるぜ」

「強い男……」

丹治は昔からその言葉に弱かった。あらためて文五郎を見ると、いっしょにやらないかといわれた。丹治は頭ごなしでない、その言葉に感激した。

「あんたはすごそうな男だ。おれをそうしてくれるなら、したがいますよ」

「よし、話は決まった。暇なときにおれの家に遊びに来るといい」

それが文五郎と付き合うきっかけだった。以来、丹治の頭には、「関東に名をとどろかせる博徒にしてやる」「うんと強い男になるぜ」といわれた科白がこびりついていた。そして、文五郎の下で博徒として男をあげるのだと決めていた。

「明日は親分の家に行くことにする」

考えていた丹治は、伊三次にそう答えた。

「おまえが子分になれたら、おれのことも頼むぜ」

「ああ、まかしておけ。それより、風柳十内って野郎は……。あの野郎はお夕を知っていたのか……」

「さあ、どうかな。ひょっとするとあの屋敷が開帳場になっているのを知っているのかもしれねえ。それで、たまたま訪ねてきたら、おれたちがいたってことじゃ……」

「いや、そうならおかしいことだ。やつは血相を変えて、玄関の戸を蹴倒して入ってきたんだ」

丹治はそういって、宙の一点を凝視した。

「あの野郎はお夕を知っているんだ。だから、探していたのかもしれねえ」

「お夕はあの男の女ってことかい」

丹治はギラッと目を光らせた。なぜか嫉妬心が燃えあがった。あんないい女を、風柳十内が独り占めにしていると思うと、悔しくなった。

「伊三次、お夕をもう一度攫っちまおう。今度は眺めるだけじゃねえ、思う存分手込めにするんだ」

「本気かい？」

伊三次の目に喜色が浮かんでいた。

「本気も本気、こんこんちきの本気だ。あの体を楽しみたいじゃねえか」

七

翌朝出かけようとしたとき、門口に服部洋之助がいつものように松五郎を連れてあらわれた。普段は人を嘲笑するような笑みを口の端に浮かべている洋之助だが、今朝は妙に厳しい目を十内に向けてくる。

十内は内心で危惧《きぐ》した。お清を見つけて、自分が庇い立てしていることを知ったのかもしれない。

「どこへ行く？」

やはり洋之助はいつにない鋭い目を向けてくる。

「人探しだ」

「感心なことだ」

十内は視線を外して、枯れ葉をつけている庭木を眺め、

「お夕は無事に帰ってきた」

といった。

「そりゃあよかったじゃねえか。いったいどこで何をしてやがったんだ」

十内は話せば長いがといって、ざっとかいつまんで話してやった。

「とんだ悪党がいるもんだ。しかし、その野郎らは逃げちまったんだな」

「見つけて懲らしめるつもりだ。なんなら服部さんに引き渡してもいい」

「そりゃ御免蒙《こうむ》る。雑魚《ざこ》を相手にしてちゃ肝腎の探索がおろそかになる。それより早乙女ちゃん、お清のことだ」

(ほら、来た)

十内は内心で警戒した。洋之助はにらみを利かせている。

「お清が見つかったか……」

十内はカマをかけた。

「まだだ。あの女は寄場を出たあと、お定という従姉に引き取られている。お定の亭主は甚七《じんしち》という大工だ。だが、その夫婦の家で厄介になったのは、半月ほどだった」

「ほう……」

どうやらお清を見つけられないでいるようだ。洋之助のしかめ面は、お清探しが難航しているからだろう。

「その後、お清は料理茶屋の女中になったが、ある日突然行方をくらました。なんでも酌婦まがいの仕事がいやになったんじゃねえかと、店のものの話だが、ほんとうのところはどうだかわからねえ。それからどこで何をしているかもわからねえ。もっとも、ときどき鶴吉の家を訪ねてきたまではわかっているんだが……」

「あくまでもお清が下手人というわけか」

「妙なことをいいやがる」

洋之助は人の腹を探るような目つきになった。

「他に疑いのあるやつがいるんじゃないかと、思っただけだ」

空とぼけると、洋之助が切れ長の目をみはった。

「おうよ。そういうことだ。鶴吉は腹を刺されて、指を切り落とされていた。女にできる仕業じゃねえ。だが、お清とつるんでやったかもしれねえ」

「ふむ」

十内はいっそのことお清のことを話してしまおうかと思った。お清はおそらく無実だ。鶴吉が殺された日のことも、店のものが証《あか》してくれる。しかし、そうなると自分が庇い立てしていることが露見する。

「お夕は無事に戻ってきたことだし、おれのほうの助を頼むぜ」

「頼むぜ」

松五郎もいつもとちがって腰が低い。どうやらこの二人はよほど窮しているようだ。だからなおさら、お清を見つけたと白状するのはまずい気がする。

探索に行き詰まっている洋之助は、お清を真の下手人に仕立てるかもしれない。冤罪《えんざい》で牢送りになるものがいることを十内は知っているし、町方が無実のものを一方的な見解で、証拠も揃わないうちに罪人にすることも知っている。

洋之助もそんなことを二つや三つはやってきているはずだ。

「わかった、心して探すことにする」

十内が応じると、二人は歩き去った。

見送った十内はそのまま伊三次の家に行くつもりだったが、寄り道をすることにした。伊三次の家は孫助の情報でわかっているし、お夕も無事に取り返すことができたので慌てることはない。

（お清にもう一度会おう）

そう思ったのだ。

三島町にまわり、損料屋・相馬屋の前に来て、暖簾越しに店の奥を見たが、女の姿はない。若い小僧が二人いて、お清にぞんざいな扱いをしている手代が何やら指図をしているのが見えた。

表から訪ねてもよかったが、十内はあえて裏にまわった。裏路地は二間あるかないかの小路になっている。相馬屋の裏木戸に近づくと、押し殺した声が聞こえてきた。

「あんたはね、うちの亭主が甘い顔をしているから置いてやってるけど、そうじゃなかったら追いだしてるとこだ。泥棒猫みたいなことしやがって……」

ぱしっと、肉をたたく音がして、小さな悲鳴がした。

「堪忍してください。でもおかみさん、わたしは何もやましいことはしていません。旦那様にはやさしくしてもらっていますが、ただそれだけのことなんです」

「嘘つくんじゃないよ。まったくあきれた女だ。今度何かあったらただじゃすまないからね。このゥ……」

歯軋りするような声のあとで、苦しみ痛がるお清の声が聞こえた。

「とっとと掃除をすましな。ペッ」

神経質そうに怒っているおかみは、お清につばを吐きかけたようだ。すぐにピシャンと戸の閉まる音がした。そのあとで、悲しげなすすり泣きが聞こえてきた。

十内は息を吸ってから、そっと裏木戸の隙間からのぞき込んだ。お清が両手を地面について泣いていた。悔しそうに唇を嚙むその顔は、いかにもつらそうである。

「お清……」

十内が声をかけて、そっと木戸を開けると、お清が泣き濡れた顔を向けてきた。驚いたように目をみはっている。

「ちょいといいか。こっちに来な」

お清は一度閉まっている勝手口を見て、躊躇いながら裏路地に出てきた。痛そうに腕をさすっている。十内がその腕を見ると、つねられたらしく、青い痣《あざ》になっていた。

「どうしてこんな扱いを受けるんだ」

十内は憐憫《れんびん》のこもった目を向けた。

「どうしてって、みなさんわたしを誤解してばかりで、わたしは何もしていないのに……」

ううううっと、声を詰まらせてお清は涙を流した。

「何もしてないのに、なぜつねられたり叱られたりするんだ」

「そんなこと人にはいえません」

「そりゃ、そうだろう。おまえ、この店に勤めていて楽しいか？」

お清は少し考えてから、いいえと首を振った。

「我慢にもほどがあるはずだ。ひどい仕打ちを受けてばかりいるんじゃないか」

「……行くところがありませんから。……つらくても堪えるしかありませんから」

「やめろ」

はっと、お清は驚いたような目を十内に向けた。

「見てられねえんだよ。我慢してこんな店に勤めることはねえだろう。……いいはたらき口があったら、そっちに行ってもいいと考えちゃいねえのか」

「それは……もちろん、そうしたいんですけど……」

「だったらおれについてこい」

十内はお清の手をつかんで歩きだした。

「ちょっと待ってください。どうしてわたしを……」

「いいから来い、おれにいい考えがある」

「叱られます。わたし、また叱られますから、放してください」

十内は立ち止まって、お清をまっすぐ見た。

「もう二度とおまえは叱られない。なぜなら、おまえはもうあの店に戻ることはないからだ」

第五章　たがめの文五郎

一

お清の話を聞いた十内は、ますます放っておけなくなった。

話を聞きながら何度もため息をつき、遠くの空に思慮深い目を向けていた。

二人は両国西広小路の茶店の床几に座っていた。目の前をいろんな人間が行き交っている。笛や太鼓の奏でるお囃子《はやし》が広小路をつつんでおり、呼び込みの声もひっきりなしだ。周囲の喧噪《けんそう》とは裏腹に、十内とお清の座っている床几には沈鬱な空気がただよっていた。

相馬屋で受けているお清の待遇は、最悪だった。寝起きするのは三畳一間の布団部屋で、しかも自分の使える空間は畳一枚だという。

仕事は飯炊きに掃除、力仕事の布団の貸し出しと引き取り、薪割りなどをさせられているらしい。さらに、おかみは相馬屋の主が浮気をしているのに腹を立て、その鬱憤晴らしにお清をいじめているという。

庄衛門《しょうえもん》という手代も何かあると、お清を目の敵《かたき》にして叱りつけるらしい。それというのも、小僧が自分の粗相をお清になすりつけるからだった。給金も安く、化粧道具も満足に買えないと、お清は両膝に置いた手をにぎりしめ、唇を引き結ぶ。

「おまえは貧乏くじばかり引いているようだな」

「……なぜかそうなってしまうんです」

「人が好きすぎるからだろう。そもそも、ろくでもない鶴吉の身代わりに人足寄場に送られ、戻ってきたらとんでもない奉公先だった。そういや、料理茶屋にも勤めたそうだな。そこはなぜやめたんだ？」

「あそこは……わたしにはその気がないのに、無理矢理客を押しつけられることがたびたびありまして……いえ、何もしなかったのですが、そのころは鶴吉さんのことを忘れられなかったし、その店にいたら鶴吉さんに悪いと思って……」

「だが、鶴吉は何もおまえのことを思っちゃいなかったわけだ。挙げ句に相馬屋ではたらいた給金も鶴吉に吸い取られてしまった」

「……全部ではありません」

「全部じゃなくても、つらい思いをして稼いだ金を騙し取られたようなもんじゃないか」

お清はがっくりうなだれる。

「身許引受人の従姉がいるそうじゃないか。そこに戻って相談できないのか？」

できませんと、お清は首を振って、不義理をしたからという。

「前の料理茶屋を世話してもらったのに、わたしは何もいわずに飛びだしてしまったんですから」

「わけを話せばいいだろう」

それは一度したと、お清はいった。しかし、従姉の亭主にせっかく世話したのに、後脚で砂をかけるようなことをしてとか、人の顔に泥を塗りやがったなどと罵倒されたらしい。

「……そうか」

十内は暗い顔をしているお清を眺めた。

二十二だという。肌の手入れをして化粧をすれば、見映えのよくなる女だとわかる。十内は思いあまって、半ば衝動的にここまで連れてきたが、責任を取らなければならないし、相馬屋に帰す考えもない。

十内はしばらく沈思して、ひとつの考えに思い至った。

「お清、おまえの新しい奉公先を世話する。ついてこい」

お清は同情する十内に心を許したのか、無言のままあとにしたがった。

小半刻後、十内は近藤友次郎と向かいあっていた。

「話はおおむねわかった。しかしそなたも人の好いことを……」

話を聞いた友次郎は半ばあきれ顔をしたが、渋面は作らなかった。

「そこで勝手なお願いなのですが、この屋敷で雇ってもらえませんか。いえ、飯炊きの女中と中間がいるのは先刻承知です。そこで、ひとつわたしに考えがありまず」

「なんだ、申せ」

「はは、殿様はわたしを五両でお雇いになっています。もちろん、それは丹治という質の悪い与太者をうまく黙らせることですが、そっちのほうは必ず請け合います」

「うむ」

「女中の給金は年に二両か三両もあれば十分のはずです。わたしへの礼金はなしということで、お清を一年ほどあずかるというのはいかがでしょうか。もちろん、殿様がお気に召せば、そのままずっと雇われるということで……」

「うまいことを申す」

「無理なお願いだというのは重々承知ですが、人助けだと思って、引き受けていただければ、この早乙女十内、きっとこののちも殿様の力になれると請け合います」

「こののちもというのは、丹治らごろつきを黙らせたあとということであるか？」

「いかにも……」

「それはいったいどういうことだ？」

十内にはひとつの考えがあった。それは父親に土下座をしてでも、友次郎の引き立てを頼むことだった。

父の主膳《しゅぜん》は、表右筆組頭である。小普請入りした旗本や御家人を差配監督する、支配や世話役にも顔が通じている。頼み込めば、おそらく聞き入れてくれるはずだ。

しかし、十内は自分が直参旗本の倅《せがれ》で、部屋住みという身の上であることは伏せることにした。もし、打ちあければ友次郎の見る目は変わるだろうと思うからだ。

「詳しくは申せませんが、微力ながらも力添えができると思うのです」

友次郎はしばらく十内を見つめた。

沈黙につつまれた部屋の表から、いびつな鵯《ひよどり》の声が聞こえてきて、雲に遮られていた日が姿をあらわしたらしく障子があかるくなった。

「何かわからぬが、そなたにはよくよくの考えがあるようだな」

「わたしは殿様が、役目はお上のためだけではなく、広く人のためになるよう務めたいと申されたことに、いたく感服いたしました」

「さようなことを申したな。たしかにわたしは月並みな務めだけでは、この世はよくならぬと思っている。むろん、己の力がどこまで通ずるかそれはわからぬことではあるが、天下万民のために将軍職は、また幕府もあるはずだ。それはつまり、家臣のひとりひとりが、天下万民のために汗を流さなければならぬということである。

だが、小普請入りのままでは、それもかなわぬこと。それがまことに口惜しいことである」

「ごもっともなことです。殿様のような方こそ、お役目に就くべきです。さらには殿様をお手本にする人が、ひとりでも多くなることを望ましく思います」

「何やらそなたに褒められると、くすぐったい気がするわ。うむ、だがそなたの申し出、快く引き受けることにいたそう」

十内は胸をなでおろした。

二

友次郎の屋敷にお清をあずけた十内は、その足で丹治の仲間である伊三次の家に向かった。丹治はなんとしてでも懲らしめなければならない。友次郎のためということもあるし、お夕の一件もある。さらに、十内は丹治に斬りつけられている。

丹治のような人間をのさばらせておくのは、世の中のためにはならない。できることなら斬り捨てごめんと、ばっさりやりたいところだが、そうすれば面倒になるのは目に見えている。とにかく丹治がこれまで味わったことのないほどの苦痛を与えて、泣きごとをいわせてやりたい。

やらなければならないことは他にもある。お清を助けるためだとはいえ、服部洋之助を裏切っている。黙っていればわからないかもしれないが、お清への疑いをすっかりなくすために、鶴吉殺しの下手人を探さなければならない。

(妙におれは忙しい身の上になっちまったな)

河岸道を急ぐ十内は、内心でひとりごちる。

伊三次の家は神田八名川町《やながわちょう》だとわかっていた。それも重宝している孫助のお陰だ。それにしても、孫助の種(情報)集めにはいつもながら舌を巻くしかない。いつも飲んだくれているくせに、町のことに通じているのだ。

いったいどうやって種を集めてくるのかと不思議でならないが、孫助はその道を生業にしている男である。他人には明かせない秘策を持っているのだろう。

伊三次の長屋は幸右衛門店《こうえもんだな》といった。だが、すぐには見つからなかった。孫助に教えられた路地を練り歩くが、いっこうにわからない。

探し歩くうちに甘い香りが鼻腔をくすぐった。金木犀《きんもくせい》の香りだ。こんな裏長屋の路地にも、金木犀があるのだと軽い驚きを覚えた。実家にも父親の好みで植えてあるので、十内はこの匂いを嗅《か》ぐと、懐かしくなる。

ようやく伊三次の家を探しあてたが、留守であった。いずれ帰ってくるだろうから見張ろうと思ったが、相手は遊び人、二、三日家をあけることもあるはずだ。そのことを考え長屋のおかみに声をかけると、胡散臭そうな目で見てくる。

派手ななりだからしかたないが、どうやら伊三次の仲間と思われているようだ。

「おれはやつの友達でもなんでもない。ただ、大事な話があって探しているだけだ。行き先を知っているなら教えてくれないか」

物腰をやわらかくして聞くと、おかみは少し気を許したらしく、

「あの人の仲間じゃないならいいけど、変なのを連れてきては迷惑してるんだよ。早くどっかに越してくれないものかと、みんな思っているんだけどね」

と、伊三次を煙たがっている。

「それはなんとなくわかるよ。だけど、おれが聞きたいのはやつの行き先だ」

「そんなのわかりっこないよ。いつもどこでどうやって、何をして食っているのかわからない男だよ。毎日ぶらぶらしてるときもあるし、ひょいと家をあけてしばら

く戻ってこないときもあるしね。今朝もいつもつるんでいる男と出ていったばかりだよ」

「そいつはどういう男だ」

おかみが話した男の特徴は、丹治だった。

帰ってくるまで待ってもよかったが、数日戻ってこないこともあるというから、出なおすことにした。丹治が伊三次とつるんでいるのは、すでにわかっている。

つぎに向かったのは浅草聖天町だった。探すのは鶴吉の仲間らしい、衣紋坂の金三郎という掏摸である。

金三郎は、昼間は聖天町をぶらついているという。おそらく住まいも聖天町界隈と考えていいだろうが、やみくもに探している時間はないし、人相も何もわかっていない。

十内は自身番より、町の親分と呼ばれる岡っ引きを探すことにした。町内の事情に詳しいのは、大方岡っ引きである。その岡っ引きにはすぐに会うことができた。

三ツ股の三五郎《さんごろう》という四十がらみの男で、三白眼だった。

「金三郎のことですかい？」

三五郎は三白眼のうえに人相が褒められない。十内をやぶにらみに見て、顎の無精ひげをぴっと引き抜いた。

「どうしても会わなきゃならない。おれは北町の服部洋之助という同心の助をしている男だ。あやしいものじゃない」

「服部の旦那の……」

三五郎は「へえ」と、感心顔で見てくる。

「あの旦那の手先仕事をしてるってことですか」

「そうだ。居場所を知っていれば、教えてくれるだけでいい」

「やつが何かやらかしたんですか？」

「金三郎は何もやっちゃいない。やつの仲間が殺されたんだ」

「そりゃ穏やかじゃありませんな。金三郎だったら、いまごろは金龍山《きんりゅうざん》下の根本饅頭《まんじゅう》って店でしょう。近所の人間と縁台将棋を指しているころ合いだと思いますぜ」

さすが岡っ引きだけあって、その辺のことに詳しい。十内は礼をいって立ち去ろうとしたが、三五郎がすぐに呼び止めた。なんだと問い返すと、

「服部の旦那とは古いんですか？」

と、聞いてくる。

「古くはない。今回にかぎって付き合っているだけだ」

「だったら、今回かぎりにしておいたほうが無難ですぜ」

どうやら三五郎は洋之助にいい印象を持っていないようだ。わかる気がする。十内は気をつけるといって、金龍山下の饅頭屋に向かった。

金龍山とは待乳山《まっちやま》の俗称である。別当が本龍院だから、そう呼ばれているようだ。

根本という饅頭屋はすぐにわかった。金龍山に上る階段口脇にある小さな店だった。だが、縁台はあれど、将棋を指しているものはいなかった。

店の亭主に金三郎のことを聞くと、

「高尾《たかお》に会いに行ってるんでしょう」

と、妙なことをいう。十内が怪訝そうな顔をすると、亭主は付け足した。

「高尾太夫の墓参りですよ。ご存じありませんか……」

そういわれて、十内は納得した。

待乳山には吉原で名を馳せた二代目高尾太夫の墓があるのだ。

十内は階段を上った。待乳山とはいえ、標高は十メートルに過ぎないから、階段も長くない。ゆっくり歩を進めながら周囲を眺める。木々は紅葉の時季を終え、木の根方には落ち葉が積もっていた。

参道を進んで周囲に目を凝らした。高尾の墓には、目印となる紅葉が植えられているから、すぐにそれとわかった。

饅頭屋の亭主がいったとおり、その墓の前に佇んでいる男がいた。

「衣紋坂の金三郎というのはおまえだな」

十内が声をかけると、男がびっくりした顔を向けてきた。

「ちょいと訊ねたいことがある。金亀の鶴吉という男を知っているな」

十内は近づきながらいった。金三郎は顔をこわばらせていた。

「あんたは……」

金三郎はそうつぶやくなり、あたりに視線を泳がせたと思うや、脱兎のごとく駆けだした。

「おい、待て」

なぜ、逃げるのかわからなかったが、十内は本能的に追いかけた。

三

金三郎は本龍院の本堂をまわりこむと、十内が上ってきたばかりの階段を一散に駆けおりた。十内は階段を三段飛びに駆けおりて距離を詰め、さっきの饅頭屋の前を過ぎたあたりで、手の届きそうな間合いになった。気配に気づいた金三郎が、ギョッとした顔を振り向け、両腕を大きく振って足を速める。

「待て、なんで逃げやがる」

十内は金龍山下瓦町《かわらまち》の裏通りまで来て、やっと金三郎の後ろ襟をつかんだ。そのまま引きよせて、足払いをかけて倒した。

通りすがりの男女と担い売りが、呆然《ぼうぜん》とした顔で見ていた。

「放してくれ。おれは何も知らないんだ。鶴吉とは組んでいないし、ここしばらく会っていないんだ。堪忍してくれ」

金三郎はわけのわからないことをいって、許しを請うように両手をあわせて拝む。

「おい、何をいってやがる」

「ヘッ。なにって、鶴吉を探してるんでしょ……」

「そうじゃない。鶴吉のことでおまえに聞きたいことがあるだけだ。なにを狼狽えてやがる。立て」

十内は手を貸して金三郎を立たせた。そのことで、集まりはじめていた野次馬が、期待外れの顔をして散っていった。

十内は表通りまで金三郎を連れて行って、おまえは鶴吉が死んだことを知らないのかと、聞いた。すると金三郎は、二、三度まばたきをして、

「死んだって、そりゃほんとうですか?」

と、鳩が豆鉄砲を食らったような顔をした。

「殺されたんだ」

「こ、殺された。そ、それじゃやっぱり……」

十内は眉宇《びう》をひそめて、金三郎に詰め寄った。

「やっぱりとはどういうことだ?」

「あ、いや、あっしは。でも、あんたは……」

「おれは鶴吉を殺した下手人を探している町方の手先だ」

「なんだ、じゃあやくざじゃなかったんですね。はあ、驚いた。てっきりそうじゃねえかと思って、それにしてもずいぶん派手ななりだから……」

金三郎は安堵《あんど》の吐息を漏らして、そういった。

「おれはいつもこういうなりだ。やくざといったが、鶴吉がやくざにでも脅されていたってことか」

金三郎は乱れた襟を正し、十内を上目遣いに見て答えた。

「鶴吉が半月ほど前に、あっしを訪ねてきたんです。やくざに目をつけられて困っているんで、匿ってくれないかと。それで話を聞くと、大物のやくざの巾着を掏ッちまったらしいんです。相手が悪かった、見つかりゃ殺されると青い顔をしていうんです。あっしも助けてやりたい気持ちはありましたが、とばっちりを食ったら目もあてられません。そんなことになったら大変なんで、おれの家はまずい、どこかちがうところを探せといって追い返したんです。その後、どうなったか気にはなっていたんですが、殺されたってほんとに、ほんとですか？」

「腹を刺され、右手の指すべてを落とされていた」

「げッ」

「そのやくざというのは、どこの何というやつだ？」

「それは詳しく聞いちゃいません。だけど、掏った相手は、なんとかって一家の番頭格だといっていました。用心棒みたいな浪人を二人つけていたとも……」

「どこの一家か聞いちゃいないのか」

「聞いたかもしれませんが、忘れちまいました」

「番頭格の名は？」

それも聞いていないしわからないと、金三郎は首を振った。十内はふっと嘆息して、金三郎の片手を強くつかんだ。

「この財布はおれのもんだ」

十内は金三郎の袖から自分の財布を引き抜いた。

「油断も隙もない野郎だ。こんなことしてたら、おまえも鶴吉の二の舞になっちまうぜ。長生きしたけりゃ早く足を洗うことだ」

「どうしてわかったんです」

「おれはそんな間抜けじゃねえ」

十内が応じると、金三郎が片手を差しだした。一分でどうだという。

「なんだ？」

「その番頭格の名前を思いだしたんです」

十内が危害をくわえないとわかったから、足許を見たようだ。

「これで食ってんです。旦那だって心得てるでしょう」

「くそッ、食えねえ野郎だ」

腹立たしいが、金三郎に小粒（一分）をにぎらせた。

「一家の名はわかりやせんが、鶴吉は番頭の名をたしか巳喜蔵《みきぞう》といってました」

「まちがいないな」

「この耳にはそう聞こえました」

金三郎は自分の耳を引っ張って、こすっからい笑みを浮かべた。

どこのやくざ一家かわからないが、番頭格の巳喜蔵の名を聞きだせただけでも、金三郎に会った甲斐があった。

鶴吉を殺した下手人は、その巳喜蔵と考えていいかもしれない。だが、鶴吉は金三郎に、その巳喜蔵が用心棒みたいな浪人を二人つけていたと語っていることから、巳喜蔵は自分の手を汚していないかもしれない。

とにかくこの件は、洋之助に知らせるべきである。十内は足を急がせて、浅草聖天町を離れた。

四

馬喰町《ばくろちょう》一丁目から小伝馬町《こでんまちょう》に入ったときだった。一方の路地に入った男がいた。洋之助の小者・ぎょろ目の乙吉だった。十内は小走りになってその路地に進み、乙吉に声をかけた。

「こんなところで何をしてる？」

「何って、聞き込みです」

「それならおれがいい種を拾ってきた。服部さんはどこだ？」

「今日は鶴吉殺しは後まわしで、仁杉の旦那の手伝いです。なんでも下手人を見たものがいたそうなんです。それに殺された男と女のこともわかりやした」

十内が別のことをしている間に、ちゃんと町方は調べることを調べているようだ。

「殺されたのはどこの何もんだった？」

「二人とも黒門の辰造一家の人間で、女はおけいという女壺振りです。男は芝崎源次《しばさきげんじ》という浪人で、開帳場の仲立ちでした」

十内はキラッと目を光らせた。十内は殺された女（おけい）から、「たが」という言葉を臨終の間際に聞いている。

「すると、下手人はたがめの文五郎一家のものじゃ……」

「仁杉さんもそうにらんでいるようですが、いま辰造一家におけいと源次のことを聞きに行ってます。おれたちはこの男を探しているところで……」

乙吉は人相書きを十内に見せた。年恰好と顔や体つきの特徴を書いてあるだけだ。

「この男、たがめの文五郎一家のものじゃないのか？」

「それも仁杉さんが調べていますが、似ている男がこの界隈で見られています」

「そうか。それで服部さんはどこにいる？」

「その辺で聞き込みしてるはずです」

十内は小伝馬町から鉄炮町《てっぽうちょう》、大伝馬町《おおでんまちょう》とまわっていった。洋之助に会えたのは、通旅籠町《とおりはたごちょう》の自身番だった。乙吉は必死に聞き込みをしていたが、洋之助は自身番詰めの書役連中と茶を飲みながら談笑していた。

「おお、早乙女ちゃん。いいところに来た。まあ、これへこれへ。茶でも飲もうじゃないか。いい話があるんだ」

十内に気づいた洋之助が、いつもの調子でそばに呼び寄せた。いつも嚙みつきそうな顔をしている松五郎は、聞き込みにまわっているらしく姿がなかった。

「緑橋の殺しにめどがついたようじゃないか……」

十内は店番《たなばん》が差しだす茶を受け取りながら洋之助を見た。

「話はそのことだ。お夕はたがめの文五郎一家に連れ込まれたんだったな。この人相書きにある男を見なかっただろうかと思ってな。それでさっきお夕の家を訪ねたが留守だ。おまえさん、お夕の行き先を知らないか？」

なるほどそういうことかと思う十内だが、お夕が留守をしているのが気になった。近所に行ってるだけならよいがと、内心で心配になる。

「家にいなかったなら祐斎先生の家かもしれねえ」

「そうか、それは頭がまわらなかった」

洋之助はぱちんと自分の額をたたいて苦笑いをした。

「おれにも話がある。鶴吉殺しの件だ」

「何かわかったか」

洋之助はいつものにやついた笑みを消し真顔を向けてきた。

十内は衣紋坂の金三郎から聞いた話をざっとしてやった。

「すると、鶴吉に財布を掏られた巳喜蔵という男が……」

「そうだという証拠はないが、巳喜蔵には二人の用心棒がついていたという」

「なるほど。こうなると、その巳喜蔵という男がどこのやくざもんかってことを調べなきゃならねえな」

「あんたに心あたりはないのか?」

聞かれた洋之助は、しばらく考える目をして口を開いた。

「博徒一家の番頭格ならおおよそ知っているが、いかんせん江戸にゃ博徒が多いからな。だが、番頭格なら調べりゃなんとかわかるだろう」

「それを調べるのが先じゃないか」

十内がそういうと、洋之助が見つめ返してきた。それから少しの間を置き、

「そうだな」

と、答えた。

「もうひとつ、仁杉さんが調べている緑橋の一件だが、たがめの文五郎一家がからんでいると考えていいだろう」

「そりゃあ、いわれるまでもない。だからお夕を探していたんだ。それに、殺されたのは黒門の辰造一家のものだ。だが、それは仁杉さんの受け持ちだ。こうなったら巳喜蔵という番頭格を調べるのが先だ」

洋之助はにわかに同心の面構えになるや、すっくと立ちあがり、

「早乙女ちゃん、おめえさん、お夕を探してこの人相書きの男が、文五郎一家にいなかったか聞いてくれ」

と、十内はさっき乙吉に見せられたばかりの人相書きを押しつけられた。

もはやここに用はないとばかりに出ていった洋之助を見送った十内は、一度お夕と由梨の家に行くことにした。お夕にたしかめることもあるし、留守をしているというのが気になる。また、丹治に連れ去られてはたまったものではない。

しかし、案ずることはなかった。お夕も由梨も家にいた。

「出かけていたんじゃなかったのか……」

元気そうな二人の顔を見た十内は、ほっと安堵した。

「近所にちょっと買い物よ。早乙女さん、留守のときに来たの?」

お夕からは拉致されたときの恐怖がうすれているようだった。

「来たのは、おれじゃない。服部さんだ」

「なんの用で……」

お夕に代わって由梨が訊ねる。服部と聞いただけで、いやそうな顔つきになる。

十内はあずかっている人相書きをお夕の前に置いた。

「この人相書きの男には、緑橋で殺された二人の下手人の疑いがかかっている。それに殺された二人の身許もわかった」

「どんな人だったの?」

十内はさっき聞いたことをそっくり話した。

「それじゃ二人はやくざだったの。女だてらに壺振りだなんて……」

由梨が目をまるくすれば、

「やくざ同士の喧嘩だったのかしら」

と、お夕が首をかしげる。

「お夕、どうだ。文五郎一家に、これに似た男はいなかったか？」

お夕は人相書きに視線を戻すと、思案顔で何度も首をひねった。

「……ひょっとすると」

「ひょっとするとなんだ？」

文五郎という親分のそばにいた用心棒に似ている気がする。

「そいつの名は？」

「あのときは怖くてしかたなかったからうろ覚えだけど、九鬼さんとか左馬之助さんと呼ばれていた気がするわ」

「すると、九鬼左馬之助というのだな」

「多分」

お夕は自信なさそうにうなずいた。

「それじゃ文五郎一家に巳喜蔵という男はいなかったか？　番頭格らしい」

「……巳喜蔵……さあ、どうかしら。顔がわかれば思いだせるかもしれないけど」

こっちはまったく自信がないようだった。

しかし、柴崎源次と壺振りのおけい殺しは、九鬼左馬之助という男かもしれない。

五

「旦那、何をお疑いで……」

仁杉又兵衛は文五郎を凝視した。文五郎は柳にそよぐ風のように、その鋭い視線を受け止めた。これまでいろんな悪党を相手にしてきたが、この男のように腹を据えている人間には会ったことがなかった。

しかも、雲を突くように大きな男だ。目の前にいるだけで、威圧感を受ける。並みのものなら気後れしたり、尻込みするだろうが、仁杉は町方として年季の入った男である。いかに大男だろうが、大悪党だろうが所詮は人間だと思っている。

「それじゃ話を変えようじゃねえか」

仁杉はどっこらしょと、脚を組み替えてあぐらをかいた。それからいかにも頑丈で強情そうな、顎をなでて言葉をついだ。

「黒門の辰造は知ってるだろう」

表情の変化を見ようとしたが、文五郎は顔色ひとつ変えず答えた。

「そりゃあ知っていますよ。あっしもここで一家を張る男。上野の親分にはちゃんと挨拶をしていますからね」

「その辰造一家を訪ねてきたばかりだ。その辰造一家と、おまえさんは揉めているそうじゃねえか」

「まさか、それは向こうの勝手ないい分でしょう。こっちは何をやるにしてもきっちり仁義を切ってんです」

「だが、縄張りを荒らされているといっていた。現におまえの子分たちは目に余るような賭場荒らしをしてるそうじゃねえか」

「旦那、人聞きの悪いことはいわねえでくだせえ。どこに、そんな証拠があるってんです。それとも、辰造親分がその証拠でも見せてくれましたか」

さらりとかわす文五郎は、長煙管をつかんで煙草盆を引きよせた。

二人がいる座敷の下座には、文五郎の子分が四人控えていた。土間にも二人の男がいて、やり取りを眺めている。仁杉は三吉という小者をひとり連れているだけだ。博徒一家に乗り込むにはいささか心細いが、人を多く連れて行けば、相手に見くびられることがある。

ときに仁杉は肝っ玉の太さをみせしめるために、単独で乗り込むこともある。町方の同心としても矜持《きょうじ》があるし、どうしようもない人殺しや、知恵者の悪党と渡りあってきた年季と自信がある。度胸ならやくざより一枚上手だと思っている。

だが、目の前の文五郎は一筋縄ではいかない男のようだ。

「証拠なんかねえさ。博徒といってても所詮はやくざだ。そんな手の込んだものを、こさえたりするか。女壺振りのおけいと、芝崎源次を殺《や》ッたのは、おめえの子分にちげえねえ」

「あんまりないい分だ。いくら町方の旦那だからって、それ以上のことをいやァ、黙っちゃいませんぜ」

文五郎は紫煙を仁杉に吹きかけた。仁杉は黙って受ける。煙を払おうともせず、文五郎を見据える。

その座敷に、それまでなかった緊張感が高まった。仁杉の背後に控える子分たちが気色ばんだのだ。

「あくまでも知らぬ存ぜぬをとおすか。まあ、それならそれでいいだろう。たしかに、おれにはおめえらの仕業だったという証拠がねえからな。だが文五郎、おれはおめえの顔をしっかり覚えたぜ」

「あっしも旦那の顔は忘れませんぜ」

「ひとつ聞いていいか」

「なんでしょう」

「おめえ、何でたがめなどと呼ばれる？」

　仁杉はほんとうは別のことを聞こうと思ったのだが、急遽《きゅうきょ》変更したのだった。

　懐には下手人を見たという、油屋の小僧・弁吉《べんきち》の証言から作った人相書きがある。だが、見たところそれに似た男はいなかった。今日はいないだけかもしれない。

　もし、いまここで人相書きを文五郎に突きつけると、逃がされる恐れがある。だから、てんでちがうことを聞いたのだった。

「あっしの家は貧乏もいいところでしてね。食うもんがなくなると、たがめを採って佃煮にして食ったんです。案外、あれはうまいもんですぜ。他人は食えたもんじゃねえといいますが、あっしはいまでもたがめを酒の肴にしてるぐらいです」

「それで、そんな図体になったってわけか。だったらおれも、たがめを食っておきゃよかった」

仁杉は片頬に嘲笑を浮かべ、今日のところは引きあげると告げた。

すると、文五郎が長煙管を煙草盆に打ちつけて、

「旦那のお帰りだ！」

と、声を張った。

控えていた子分たちが一斉に動き、玄関から門そばまで一列に並んだ。誰もがいただけない眼《がん》を飛ばしてくる。だが、仁杉はひとりひとりの子分の顔を覚えるために、ゆっくり眺めていった。これも大事な仕事のひとつだった。


仁杉又兵衛が帰っていっても、文五郎はその場に座ったままじっとしていた。縁側から射し込んでいる光の帯を辿《たど》るように見て、ゆっくり顔をあげ、

「江戸町奉行所の同心てやつァ、あんな男ばかりなのか……」

と、小さなつぶやきを漏らした。

それからぞろぞろと戻ってきた子分たちを眺めた。

「おめえら、顔を覚えられちまったな」

子分たちはそれぞれに顔を見合わせた。

「いまの町方にだ。江戸の同心を甘く見ちゃならねえようだ。在を取り締まる同心らとは、デキがちがいすぎる」

そういったあとで、巳喜蔵と丹治の名を呼んで、

「ちょいと奥に来てくれ。話がある」

といって、奥座敷に移った。

巳喜蔵と丹治が揃って顔を出すと、そばに座らせて向かいあった。

「巳喜蔵、おめえは掏摸を始末したんだったな。アシはついてねえだろうな」

「そりゃあご心配なく。手抜かりなくやってますんで……」

「ならいいが、江戸の町方は隅に置けねえ。いざとなったらほとぼりを冷ますために一度田舎に引っ込んだほうがいいかもしれねえ。そのことを肝に銘じておけ」

「へえ、わかりやした」

巳喜蔵はふくよかな顔立ちで、恰幅がよいし身なりもいい。目つきを別にすれば、商家の主か番頭風情に見える男だった。

「そのときは小源太といっしょだ」

「親分、それは考えたほうがよろしゅうございます。小源太さんは親分の片腕のよ

うな男です。江戸から離れさせるのはどうかと……」

「心配するな。小源太が抜けたって、左馬之助がいるんだ」

「そりゃそうでしょうが、辰造一家にも腕の立つ男がいるんです」

「正面から大喧嘩をするわけじゃねえ。辰造一家にはじわじわと脅しをかけていくだけだ。そのうち向こうは音《ね》をあげる」

そういった文五郎は、かしこまって座っている丹治に目を向けた。

「丹治、お夕はいい女だったな」

「親分ももったいないことをされました」

「まさか、てめえ送り届ける途中で手を出してるんじゃねえだろうな」

文五郎は静かに丹治を眺めた。わずかに目が泳いだのを見て、

（この野郎、手をつけやがったか……）

と思った。しかし、丹治は何もしていないといった。

「そうかい、それじゃおめえを信用することにしよう。それでおめえに盃をやろうと思うが、その前に度胸試しだ。うまくやったら、おめえはおれの大事な子分になる」

「度胸試しとは……」

　丹治は身を乗りだすようにして聞く。顔が緊張していた。

「黒門の辰造を殺《や》れ」

　丹治の目がはっとなった。

「……できねえか」

「いえ、やります。まかしといてください」

「へたは打つな。しばらく辰造の動きを窺い、一番やりやすいときをねらえ。普段は子分を引き連れてるだろうから、ひとりになるときを待つんだ。噂では妾が二人ばかりいるらしい。男は女の前では隙を見せるし、愛妾のそばには無粋な男を近づけたがらねえ。そのときがねらいかもしれねえが、油断は他のときにもあるだろう」

「へえ」

　文五郎は紙につつんだ支度金五両を丹治にわたし、さらに真新しい匕首を差しだした。

「これをおめえにやる。使ったら捨てろ。その辺に捨てるんじゃねえぜ。人に拾われないようなところに捨てるんだ」

丹治は金を懐にしまい、匕首を一度抜いて鋭い刃を眺めた。薄あかるい部屋のなかで、刃先がぴかりと光った。

「殺るときゃ匕首でなくてもいい、縄を使って絞めようが、長脇差でも棍棒《こんぼう》でも、それはおまえの勝手だ。わかったら行け」

丹治は深く礼をして部屋を出ていった。それを見送った巳喜蔵が、文五郎に顔を戻した。

「あんなことをあいつに頼んで大丈夫ですかい」

「あいつだからいいんだ。やつァ、まだおれの一家じゃねえ。しくじったとしても、おれは知らぬ存ぜぬだ。やつが勝手にやったことだと白をとおせばいいだけのこと。うまくやってくれたら、それはそれでいいってことじゃねえか」

文五郎はにやりと、ほくそ笑んだ。

六

十内は巳喜蔵探しをしたかったが、手掛かりがない。その名を教えてくれたのは、衣紋坂の金三郎だが、その金三郎も殺された鶴吉から名を聞いただけで、顔もわからなければ年もわからない。結局は、洋之助の調べを待つしかなかった。

では、丹治を探そうともう一度、伊三次の長屋に行ったが、留守のままだった。

（いってェ、どこをほっつき歩いてやがんだ）

ぼやきながら暮れゆくを空をあおいだ。夕焼け空を三羽の鴉《からす》が、羽音を立てながら湯島天神のほうへ飛んでいった。

そのままあてもなく新シ橋をわたる。魚屋の棒手振《ぼてふり》とすれちがい、道具箱を担いだ大工が足早に追い越していった。風呂敷包みを抱いた娘二人が道を横切っていく。

なんとなく慌ただしいが、それでも夕暮れ間近な町には、のどかな空気が流れていた。神田川の畔《ほとり》に繁茂するすすきも、そよそよと揺れているだけだ。

十内はそのまま家に帰ろうかと思ったが、黒門の辰造一家の女壺振り・おけいと、芝崎源次殺しの下手人を見たという油屋の小僧に会おうと思った。

（おれも熱心なものだ）

と、自分に苦笑いする。

油屋の小僧の名は、弁吉といった。店は通油町にあった。古くなった看板に「有《あり》馬《ま》屋」という文字が走っていた。

「これよりもっとですか……」

弁吉は箒《ほうき》を持ったまま、空に向けた目をきょろきょろさせた。

「おまえだけが見てるんだ。よく考えれば、もっと思いだすことがあるかもしれねえ」

「そういわれましても……」

弁吉は視線を十内に戻して困り顔をした。にきび面で鼻の穴が上を向いていた。

「あの晩は暗かったし、行灯のあかりで顔が見えたぐらいですから……」

「じつはあの殺しをおれも見ているんだ。近くの蕎麦屋でそばを食っているとき、声がして表に出ると、男と女が斬られたばかりだった」

「へえ、そうだったんですか。わたしも刀を下げて走るその人を見て、びっくりしたんです。後ろのほうに倒れてる人がいまして、怖くなってすぐに店のなかに引っ込んだんです」

「それはいいから、なにか思いだせないか？　年はどうだ、いくつぐらいだった？」

「うーん、三十かもっと上か……下か……」

　これでは話にならなかった。

　ただ、弁吉の目にはその下手人の顔が焼きついているようだった。十内は似面絵を作るかもしれないから、そのときは手伝えといって弁吉と別れた。

　声をかけられたのはしばらく行ったところだった。振り返ると、仁杉又兵衛が小者の三吉と立っていた。

「いいところで会いました。話があるんです」

　十内は仁杉に近寄って蕎麦屋で話そうと、緑橋のあずさ屋に入った。三人前のもりそばを注文すると、十内は本題に入った。

「仁杉さんが弁吉から聞いて作った人相書きですが、たがめの文五郎一家に似た男がいるらしんです」

「なに、ほんとか」

　仁杉は身を乗りだしてきた。

「うちに出入りしているお夕に、人相書きを見せますと、そういうんです。名を九鬼左馬之助だとか」

「まちがいないか」

「お夕は丹治という与太公に攫われて、文五郎一家に連れて行かれ、そこで文五郎に酌をしています。そのとき一家にいた男に似ていると……」

仁杉は腕を組み、短く沈思して十内に顔を向けなおした。

「じつは今日、文五郎一家に行ってきた。そのとき子分の面をたっぷり眺めてきたが、人相書きに似た野郎はいなかった」

「たまたまいなかっただけじゃありませんか。子分連中が全員揃っていたわけじゃないでしょう」

「まあ、そうだが……」

「それで巳喜蔵という男はいませんでしたか？　何でも番頭格らしいんですが……」

「巳喜蔵……いや、文五郎と話をしただけで、あの家にいた連中の名前は聞かなかったからな。どんな野郎だ？」

「それがよくわからないんです。ただ、殺された掏摸の鶴吉は、その巳喜蔵という男から財布を掏って、逃げまわっていたんです。相手が悪かった、見つかったら殺されるかもしれないと、仲間の掏摸を頼っています。衣紋坂の金三郎というんですが、そいつから聞いた話です」

「金三郎ならおれも知っているが、やつはその巳喜蔵の面を知ってるのか？」

　十内は首を振った。

「……文五郎一家を見張るか」

　仁杉はぽつんとつぶやいた。そこへ注文のそばが運ばれてきた。

「見張りには有馬屋の弁吉とお夕を助に頼もう」

　仁杉はそばに口をつけたあとでいった。十内はお夕と聞いて、さっと顔をあげた。口から二本のそばがだらしなく垂れていた。

「お夕をですか……」

「おまえさんが気乗りしないのはわかる。お夕にしたってそうだろう。だが、ここは曲げて頼みたい。お夕を危ない目にあわせるようなことは決してしない。そう約束する」

「おれからも話はしてみますが、仁杉さんからもお夕には話をしてください。どう答えるか、それはお夕次第でしょう」

十内は残りのそばに取りかかった。

これでやることはほぼ決まった。仁杉は文五郎一家を見張り、九鬼左馬之助を探す。そして、鶴吉殺しにからんでいる巳喜蔵という男は、洋之助が洗いだしをやっている。

（すると、おれは……）

十内はそばを食べながら、今夜中に丹治との因縁に片をつけたいと考えた。

あずさ屋の前で仁杉と別れた十内は、これでその日三回目になる伊三次宅訪問をすることにした。

いつの間にか日が暮れていた。

通りには軒行灯や看板行灯のあかりがあり、空にはあかるい月と星が浮かんでいる。風は昼間に比べるとぐっと冷たくなっていた。

十内は襟をかき合わせて、伊三次の長屋に入った。冷え込んできたせいか、どの家も戸を閉めていた。また留守かもしれないと半ばあきらめの境地だったが、伊三次の家にはあかりがあった。

十内は息を殺し、忍び足で腰高障子の前に立った。

七

「それで丹治は、どこで待ってるんだ？」

ひそひそとした声に、十内は戸口の前で聞き耳を立てた。

「どこって妾の家のそばだ。おまえもいっしょに男をあげようじゃねえか」

伊三次の声だった。丹治ではない。するともうひとりは、八郎太だろうと、十内は見当をつけた。

「男をあげるといったって、人を殺すんだろ」

「シッ声がでけえよ」

十内は眉根を動かした。

（こいつら人を殺そうとしているのか……）

「どうすんだ。やるのかやらねえのか……」

伊三次の苛ついた声がした。どうやら八郎太は躊躇っているようだ。さらに伊三次の声が重ねられた。

「いまここでやることやらなきゃ、おれたちゃ一生うだつのあがらねえ男になっちまう。丹治の手伝いをして、いっちょ前の男になるんだ。しけた暮らしからもおさらばだ」

「丹治はおれたちのことを引きあげてくれんだろうな」

「友達じゃねえか。あいつもおれたちを頼ってんだ。一肌脱いでやりゃ、おれたちゃやつに貸しを作ったことになる」

「そうか……」

「どうするんだ。いやならいやでもいいぜ。おれと丹治でやるだけだ。だが、そのあとのことは知らねえぜ。丹治だってきっと許しゃしねえだろう。よしんば許したとしてもてめえは爪はじきもんになるのが関の山だ」

十内は二人の声がもっと聞こえるように、戸口の横に動いて板壁に耳をつけた。

そのとき、奥の家の戸が開いて年寄りが出てきた。

十内はさっと板壁から耳を離して何食わぬ顔をした。年寄りが不審そうに見てきたが、そのまま厠のほうに歩いていった。

十内が再び聞き耳を立てると、

「そうと端《はな》っからいやぁいいものを、勿体ぶりやがって……」

と、伊三次が舌打ちをした。どうやら八郎太は、伊三次に説得されたようだ。家のなかで二人の立ちあがる気配があったので、十内は奥の井戸端に行って様子を見守った。

ほどなくして伊三次と八郎太が長屋の路地に姿をあらわした。八郎太は長脇差を腰にぶち込んでいるが、伊三次は手ぶらだ。しかし、懐にはちゃんと匕首を呑んでいるはずだ。

十内はそっと二人を尾けることにした。

そこは下谷《したや》御切手町《おきってまち》にあった。東側は坂本村の畑地で、めあての家はその畑地の雑木林を背負っている。枯れ葉を落とした木々がざわめき、頭上をおおう枝は夜空にひび割れを走らせたようにのびていた。

めあての家——それは、黒門の辰造の妾・おのうが住んでいる家だった。もちろん、すべての面倒は辰造が見ているのだ。

丹治は家のまわりをたしかめるように歩くと、表通りに出た。北へ行けば千住、南へ行けば上野だ。もっとも、辰造が構える一家のある上野までは、さしたる距離ではない。四分の一里といった程度だ。

丹治は上野方面に少し戻った稲荷社で、伊三次と八郎太を待つことにした。腹が減っていたが、そんなことは忘れることにした。

これから男をあげるために、大きな勝負に出るのだ。うまくやり遂げなければならないし、やり遂げれば文五郎から盃をもらえる。それに、大きく取り立ててくれるはずだ。下っ端の子分とはちがう扱いもしてくれるだろう。

(なにしろ黒門の辰造の命をもらい受けるんだから)

稲荷社の石段に腰をおろしている丹治は、不敵な笑みを浮かべた。

文五郎に辰造を殺せといわれたときは、さすがに肝っ玉がふるえそうになったが、辰造の妾のことを聞いて、こりゃあやれると自信を持った。

丹治は以前、辰造一家に誘われたことがあったし、辰造のことを多少は知っていた。それに前々から、おのうという妾を何度か見かけたことがある。

柳橋の芸者上がりで、着物を粋に着こなしていた。黒門の辰造といえば、上野では知らないものはいないほどだし、おのうもまたそんな男の女になったことを得意そうにしていた。凝脂《ぎょうし》みなぎる三十半ばの大年増だが、華やいだ色気を湛《たた》えていた。

丹治は文五郎から指図されたあと、まっすぐおのうの家にやってきたのだが、なんとおれはついているのだろうと思わずにはいられなかった。

おのうの家に辰造がいたのだ。のんびり顔で家の縁側で、おのうに足の爪を切らせていた。辰造は楽な着流し姿だったので、こりゃすぐには自分の家には戻らないと思った。

そこで、丹治は伊三次と八郎太に助をさせることにした。辰造ひとりなら、自分ひとりでやれるだろうが、おのうがいる。へたに騒がれたりしたら、あとが大変である。

丹治は家に押し込んだら、おのうを伊三次と八郎太に始末させて、自分は辰造の命を奪おうと考えていた。そして、それは辰造の子分が来ないかぎりうまくいくはずだ。

空きっ腹なのでしきりに腹の虫が鳴く。そういやァ、秋の虫の声はぱったりしなくなったなァと、のんきなことを考えた。

空の大八車がガタゴトと音を立てて去り、早くも酒に酔ってご機嫌な勤番侍たちや、町屋の夫婦者が目の前を通りすぎていった。丹治はそのたんびに、顔を見られないように下を向いてやり過ごした。

（それにしてもあいつら遅いな）

何度か上野のほうに目を向けた。ちらつく提灯のあかりが見えるたびに目を凝らしたが、伊三次と八郎太ではなかった。それにあの二人は提灯などさげてこないはずだ。

丹治は星空を見あげた。きれいな星空にはあかるい月も浮かんでいる。うすい雲が流れているが、それも多くはなかった。

それからしばらくして二つの人影が近づいてきた。丹治は用心深い目をその影に向けた。伊三次と八郎太だった。

丹治はひょいと立ちあがると、前の道に出て手招きをした。すぐに伊三次と八郎太が駆けよってきた。

「遅かったじゃねえか」

苦言を呈すると、伊三次が答えた。

「こいつがなかなか首を縦に振らねえから手こずっちまったんだ」

丹治は八郎太を見た。

「腹はくくってんだろうな」

「ここまで来て怖《お》じ気《け》づくようなおれじゃねえさ」

八郎太は心強いことをいう。

「よし、さっさと片づけちまおう。家にはおのうという妾と辰造しかいねえ。博徒の親分といったって、ただの爺だ。おれがその爺をやるから、おめえら二人はおのうが騒がねえように黙らせるんだ。どうせだからひと思いにやっちまったほうがいいだろう」

「殺すのか」

八郎太がゴクッと生つばを呑んでいう。

「ひとり殺すのも二人殺すのも同じだ。行くぜ。家はすぐそこだ」

丹治は懐の匕首に片手をしのばせて歩きだした。

第六章　別離

一

伊三次と八郎太を尾行してきた十内は、二人がひとりの男と合流したのを見た。それはおそらく丹治にちがいない。

彼らは短いやり取りをすると、一軒の小さな屋敷の木戸門に入った。十内は足音を殺して駆け、その家の前に来た。

そのときだった。戸口前で三人が足を止め、ひとりの男とにらみ合ったと思いきや、すでに長脇差を抜いていた八郎太が相手に斬りかかり、腕を斬った。そこへヒ首を腰だめにした伊三次が突っ込んでゆき、腹をえぐった。

「うごッ……」

膝からくずおれる男には構わず、丹治は玄関の戸を引き開けて、なかに飛び込んだ。間を置かず、伊三次と八郎太も躍り込んでゆく。

それはあっという間のことで、十内が止める間もない短い出来事だった。しかし、彼らの凶行を黙って見ているわけにはいかない。屋内で女のわめき声と男の怒鳴り声が重なっていた。十内は刀を引き抜いて、屋内に突入した。

丹治は匕首を構えて初老の男と対峙《たいじ》していた。伊三次と八郎太は女を羽交い締めにして、口を塞いでいた。

誰もが予期もしない十内の登場に、驚いて目を剝いた。

「や、てめえは風柳十内……」

丹治が匕首を構えたまま十内ににらみを利かし、匕首を振りまわして初老の男を威嚇した。

「なんでえ、てめえは辰造一家のものだったのか」

八郎太がいう。

「ほほう、するとその男は辰造一家のものか……」

十内はじりじりっと間合いを詰めていう。

「何をいいやがる、この老いぼれ爺こそ黒門の辰造だ」

丹治がそういって、「ひひッ」と残酷な笑いを漏らした。十内はピクッと眉根を動かして、いまの状況を理解した。

「丹治、早まったことはするんじゃねえ。人殺しがどんな罪になるかわかってるだろう」

十内の声など、丹治は聞きはしない。

「八郎太、そいつをやっちまうんだ」

丹治が顎をしゃくると、八郎太が十内の前進を阻止するように立ちふさがった。

「おい、遠慮することはねえ。こいつらを始末するんだ」

辰造は十内を味方と思ったらしく、丹治に追いつめられながら、救いを求める目を向けてくる。

「そこから一歩でも動いてみやがれ。てめえはそのまま地獄行きだ」

長脇差を構えた八郎太が、十内を脅す。余裕の体《てい》だ。

「そりゃどうかな」

十内も余裕の体でいい返す。

「まさか、玄関に見張りがいるとは思わなかったぜ、辰造親分。おそらく、おれがこの家を離れた隙に、あの野郎はやってきたんだろうな」

丹治は殺しを楽しむように、辰造にゆっくり迫っている。辰造は楽な浴衣姿で、身には寸鉄も帯びていない。床の間にある刀に目を向けるが、手の届く距離ではなかったし、そばには辰造の妾を押さえている伊三次がいる。

「精蔵《せいぞう》を殺したのか……」

辰造は壁に背中を張りつけた。丹治が楽しそうな笑みを浮かべ、

「ありゃ、精蔵というのかい。もう息はねえだろう。辰造、てめえの時代もこれで終わりってことよ。覚悟しな」

「おのれ、こんなことしてただですむと思ってるんじゃねえだろうな」

「ただじゃすまねえさ。おれには大きなツキがまわってくるってもんだ。八郎太、ぐずぐずするんじゃねえ、その野郎をとっとと始末しやがれッ」

丹治の声で、十内の前にいる八郎太が動いた。刀を持ちあげて、横面をねらって斬りにきたのだ。

（ばかがッ……）

内心で吐き捨てた十内は、八郎太の刀を素早くはねあげると、右足を踏み込んで胴を薙ぐように抜いた。

「うわっ……」

脇腹を斬られた八郎太は、そのまま前につんのめって転げまわった。そのことに丹治が驚き、十内を振り返った。その隙を見た辰造が横に飛んで逃げた。すぐさま気づいた丹治がその背中を斬りつけたが、かすっただけだった。

辰造は床の間の自分の刀を取りに行こうとしている。丹治がそうはさせまいと、斬りかかったが、十内が間に割り込んで丹治の胸に刀の切っ先を向けた。

「て、てめえ……」

丹治の目に驚きと怒りの炎が立つ。だが、匕首では対抗できないと思ったらしく、じりじりと下がった。

「丹治、刃物を捨てろ。それがおまえのためだ」

「ほざけッ！」

丹治は叫ぶが早いか、八郎太が落とした長脇差を拾うなり、片膝立ちで十内に切っ先を向けた。その間に、伊三次が妾に当て身を食らわせ気絶させると、すかさず辰造に匕首を突きつけた。辰造は自分の刀を手にできずに、また後ずさる。

まことにめまぐるしいが、これはごく短い間に起きていることだった。

「丹治、こうなったらおれも容赦はしねえ」

言葉どおり、十内は斬り捨てる気になった。捕縛して町方に引き渡せばいいと考えていたが、それではすまないようだ。

「おれだって容赦しねえぜ」

丹治がペッとつばを吐いて突きを送り込んできた。十内にはひどくのろく見えた。送り込まれてきた刀を打ち払うと、体を入れ替えながら丹治の左肩を斬り下げた。

「うわッ」

丹治は悲鳴を発して俯《うつぶ》せに倒れた。十内は丹治の右腕を足で押さえつけ、

「このうつけ者がッ！」

というなり、顎を蹴りあげた。

丹治は半回転して四肢をふるわせた。斬られた肩口から大量の血が流れていた。

それは、まるで生き物のように畳の上を動いた。

伊三次は丹治が斬られたことで、立ちすくんでいた。それでも十内に体を向けられると、匕首を投げつけ、辰造の刀をつかんだ。しかし、そこまでだった。

十内の刀が鋭く動き、刀をつかもうとした腕を斬り飛ばしたのだ。

「ううっ……」

伊三次はうめきを漏らして両膝をつき、斬られた腕を片方の手で押さえた。そこへまたもや十内の一撃が首の付け根に見舞われた。今度はうめきも悲鳴も漏らさず、伊三次は前のめりにどさりと倒れた。

十内は自分が斬った与太者三人を眺めて、むなしそうに首を振った。

「斬るつもりはなかったのだが……」

つぶやくようにいって、辰造に目を向けた。

尻餅をついていた辰造は、血の気をなくした顔で壁に背中をあずけていた。その壁にも障子にも血飛沫《しぶき》が散っていた。畳は死体から流れる血を吸いながら、行灯のあかりを照り返していた。

「あんたは……」

生つばを呑み込んでから、辰造が声を漏らした。

「おれのことは聞かなくていい」

「しかし、あんたには礼をいわなきゃならねえ」

「礼などいらぬ。それより、この三人の始末はおまえがやるんだ。黒門の辰造とい
や、江戸でも名の知れた博徒の親分。死体の始末ぐらい、屁でもねえだろう。やっ
てくれるな」

「そ、そりゃもう。わかった、まかせてくれ」

「頼んだぜ」

十内は刀を懐紙でぬぐって鞘《さや》に納め、そのまま出ていこうとした。

「待ってくれ。せめて名だけでも、教えてくれねえか」

十内はゆっくり振り返った。気を失っていた辰造の妾が、うなるような声を漏ら
して目を覚まし、周囲の惨状に度を失った顔をした。

「おれの名は、さっきこの与太者が、口にしたじゃねえか」

十内は静かに吐き捨てると、背を向けた。

二

その朝、十内の寝覚めはよくなかった。

生かしておいてもためにならぬばかりか、悪事を繰り返すだろうごろつき三人だったとしても、斬り捨ててしまった。

そのことに心を痛めていたのだ。おまけに、なんと自分が殺されるといういやな夢まで見てしまった。

しかし、あの三人の始末は、黒門の辰造がちゃんとしてくれるはずだ。町のものにダニのように煙たがられていたごろつきだったので、突然姿を消しても誰も気にはしないだろう。かえって、そのことを嬉しがるものが多いはずだ。

夜具のなかでうだうだ考えている暇はなかった。十内は布団を払いのけると、井戸端に行き顔を洗って出かける支度にかかった。

すでに仁杉又兵衛は文五郎一家を見張っているはずだ。それにはお夕と有馬屋の小僧・弁吉が駆り出されているはずだった。そのことをまず、たしかめなければならない。それから、鶴吉殺しの疑いのある巳喜蔵という男のことも気になる。こちらは服部洋之助が調べているが、もうわかっているだろうかと思った。

十内は着替えの途中で、普段の身なりではまずいと思った。昨夜は夜だったので、派手な恰好でもさして目立たなかったはずだが、今日は見張りの手伝いをすることになるかもしれない。急遽、木綿の着流しに地味な帯を締めることにした。

「さっき仁杉という旦那の小者が迎えにきて出ていったわ」

隣の長屋を訪ねると、由梨が不安そうな顔をしてつづけた。

「わたしもお手伝いするといったんだけど、足手まといだからだめだといわれちゃった。早乙女さん、どうするの？」

「おれも見張りの助をしようと思う。見張場の場所は聞いているか？」

由梨は首を横に振った。

十内は人さし指で唇をなぞって考えた。たがめの文五郎一家の屋敷は、大まかには聞いていたが、はっきりした場所はわからない。だが、近くまでいけば何とかなるだろう。相手は博徒である。少なからず町の噂になっているはずだ。

「由梨、そう心配するな。それにお夕を攫ったごろつきはもう二度とあらわれない」

「ほんと」

「ああ、ほんとだ。お夕のことはおれが体を張ってでも守る。まあ、危ないことにはならないはずだ。余計な心配をせず待ってろ」

由梨は自分もいっしょに連れて行ってくれという顔をしたが、十内は無言で拒否の目を返して本郷新町屋《ほんごうしんまちや》に足を向けた。

家を出た十内は神田川沿いの河岸道を急いだ。空は秋晴れである。天気さえよければ、過ごしやすい陽気だが、朝夕はめっきり冷え込んできた。袷《あわせ》だけにするか綿入れの羽織を着込もうかと迷う、そんな季節なのだ。

しかし、のんびりしたことは考えていられない。もし、緑橋そばで起きた殺しの下手人が、九鬼左馬之助だとわかれば、穏やかにはすまない。その捕縛にお夕が駆り出されているのである。

(もうすでに……)

そう思うと、気が急き自然と足が速くなった。

「よお、そこを行くのは早乙女ちゃんじゃないか。いいところで会った」

声をかけられたのは、昌平橋《しょうへいばし》を過ぎたすぐのところだった。振り返るまでもなく、誰だかわかる。

十内が立ち止まると、服部洋之助がすたすたと近づいてきた。松五郎もいるが、今日はぎょろ目の乙吉に、がに股の弁蔵もいっしょだ。

「じつはな、おまえさんに教えてもらった、巳喜蔵という男のことだ」

「わかったのか」

十内がはっと目を輝かすと、「おい」と松五郎がいつものように肩を怒らせた。

「何度いやァわかる。言葉に気をつけやがれッ」

十内は無視する。洋之助が「まあ」と松五郎をなだめて言葉をついだ。

「調べるのにひと苦労したが、巳喜蔵という男が、たがめの文五郎という博徒一家にいることがわかった」

「なに……」

「話では番頭格らしい。それに出歩くときは用心棒連れだというではないか。鶴吉が衣紋坂の金三郎に語ったことと合うってことだ。て、ことは、鶴吉殺しにはその巳喜蔵が大いにからんでいると考えていいだろう」

「それじゃしょっ引くんだな」

「まあ、会って話を聞いてからだが、ここは褌を締めなおしてかからなきゃならねえ。それに仁杉さんが、なんでも文五郎一家を見張っているっていうじゃねえか。いざとなりゃ、仁杉さんの助も頼める。早乙女ちゃん、そんときゃおまえさんも頼むぜ」

洋之助はにやけ面をして、十内の肩を親しげにたたいた。広い前頭部が朝日を照り返していた。

「仁杉さんの見張場は知っているんだな」

「ちゃんと承知しているさ。それにしても今日のおめえさん、ずいぶん地味じゃねえか、まあ、それもお似合いだ」

十内は文五郎の屋敷を探す手間が省けたと思って、洋之助たちとゆるやかな湯島の坂を上っていった。

神田明神境内《けいだい》にある大きな銀杏《いちょう》の木は、先日まできれいな紅葉を見せていたが、いまは枯れ葉が、思いだしたように枝にしがみついているだけだ。

たがめの文五郎一家の屋敷は、神田明神の西方にある本郷新町屋にあった。土地のものが大根畑という地域である。名前どおり昔は大根畑が広がっていたらしい。その後、遊女らのいる花街ができたが、寛政のころ遊女街は取り払われ、いまはどこといって変わらない町になっている。

仁杉は妙厳院《みょうげんいん》という寺からほどない場所にある、小さな生薬屋を見張場にしていた。店のものは新たに町方同心と、その連れがどやどやとやってきたので、臆しながらも傍《はた》迷惑な顔をした。

「文五郎の屋敷はあれだ」

仁杉が格子窓の向こうを見ていった。

十内もそっちを見る。通りを挟んで、三軒目の屋敷がそうであった。二人のそばには、有馬屋の小僧・弁吉とお夕がいた。他にも仁杉の小者が二人。そして、洋之助の手先三人と十内である。

総勢十人だから、見張場の小部屋はそれだけでいっぱいになった。

十内はお夕を気づかった。

「万が一のことがあれば、すぐに逃げるんだ。おまえをこれ以上危ない目にあわせるわけにはいかない」

「早乙女さん、心配しないで。わたし平気だから……」

お夕は怖いだけでなく、ひどい目にあったばかりなのに、気丈なことをいう。

「いざとなれば、誰を置いてもおれはおまえを守る」

お夕はふんわりとした笑みを浮かべて見つめてきた。十内は、このときはじめてお夕をひとりの女として意識した。それまでは冗談半分で、尻をなでたり、子供扱いしてからかっていたが、

（こいつ、こんなにいい女だったか……）

と、思ったのだ。

そばで洋之助と仁杉が話しあっていた。

「すると、何もかもたがめの文五郎の仕業だったってわけか……」

洋之助が十手で肩をたたきながらいう。

「やったのは文五郎の手下だ。もっとも、文五郎がそう指図したということもあるだろうが……」

仁杉はずるっと音を立てて茶を飲んだ。

「それじゃ、巳喜蔵に会って話をしてきましょう。番頭ならあの家にいるでしょ

う」

洋之助がそういって腰をあげようとすると、仁杉が「待て」と引き留めた。

「いま、おまえに乗り込まれるのはまずい。おれは昨日文五郎に会ったばかりだ。おれがなにを探っているか、あの男は知っている。いま、おまえが行けば、先手を打って下手人を逃がすかもしれねえ」

「仁杉さん、わたしは巳喜蔵に会うだけです。もちろん鶴吉殺しの一件ですが、こんなところで手間取ることはないでしょう」

「それはわかるが、待て。巳喜蔵がいなかったら、また出なおしだ」

「巳喜蔵がどんな面をしているか知らないんですよ。今日は会うだけにしてもいい」

「だめだ。おまえが行けば相手は警戒を強める。会ってもこれだという証拠がなけりゃ、手も出せないんだ。証拠を集めている間に逃げられることもある」

「証拠なんかないんです」

「だったらなおさらだ」

仁杉と洋之助の問答がしばらくつづいた。しかし、最後には洋之助が折れて様子を見ることになった。

　十人が十人、格子窓の隙間から表を見張る。行き交う人は多くないし、付近の商家も穏やかな雰囲気で商売をしている。道端で立ち話をしている女。路地の入口に立っている乳呑み子を負ぶった女房。薪束を整理している老人……。

　家来を連れた旗本が通りすぎ、反対側から大きな風呂敷包みを背負った行商人がやってきた。茶屋の小僧が店の前に水打ちをし、暖簾のめくれをなおして店のなかに引っ込んだ。

「あ、あの人……」

　お夕が小さな驚きの声を発した。すると、弁吉も、

「あっ」

　と、目をまるくした。

三

　全員がお夕と弁吉を見、すぐ表に顔を向けなおした。

「あの男、文五郎一家にいた男よ」

お夕がやってくる三人の男を見ていう。恰幅のよいふくよかな顔をした男のそばに、二人の浪人がついていた。その三人は見張場の南のほうからやってくる。

「あの背の高い浪人です」

弁吉だった。さっと、仁杉が弁吉を振り返って、

「あいつが、緑橋のほうから逃げた浪人だな。まちがいないな」

と、たしかめる。弁吉はまちがいないと確信顔で答える。

「あの人は九鬼左馬之助というのよ。そして、番頭みたいな人は、巳喜蔵と呼ばれていた気がする」

と、お夕がいった。

仁杉と洋之助は色めき立った顔つきになった。

「仁杉さん、文五郎の家にやつらが入る前に押さえたほうがいいんじゃ……」

洋之助は近づいてくる三人を凝視していう。

「そうだな。九鬼左馬之助はおけいと芝崎源次殺しの下手人だ」

「巳喜蔵には鶴吉殺しの嫌疑があります。じかに手を下したのは、あの二人の用心

棒のいずれかかもしれぬし……」

洋之助はいつになく真剣な顔つきになっていた。片手はすでに刀の柄をにぎっていた。

「よし、かかろう」

仁杉が腰をあげた。十内は同時に、お夕と弁吉を見て、

「おまえたちは裏口から帰るんだ。あとのことはおれたちにまかせておけ」

と、指図して、それでいいですねと仁杉に打診する。仁杉がそうしろという。

お夕は裏口に向かう途中で、何度か十内を振り返った。

「早乙女さん、無理しないで……ちゃんと帰ってきてよ」

「心配いらぬ。早く行け」

その間にも、巳喜蔵と二人の用心棒らしき浪人は見張場に近づいていた。

「行くぞ」

仁杉がみんなに声をかけて、店を飛びだした。仁杉、洋之助、松五郎、十内、そして小者たちという順番だった。

突然目の前に、一目で町方の同心だという男二人があらわれ、さらに十内たちを

見た巳喜蔵と二人の浪人が立ち止まった。

　仁杉が一歩前に出た。

「文五郎一家のものだな」

　三人は黙っていた。揃ったように腹の据わった目をしている。さすが鉄火場で生きる男たちだ。仁杉がつづけた。

「おまえが巳喜蔵というのか？」

「あっしに何か……」

　やはりそうであった。一家の番頭格だというが、大店の番頭でも主でもとおりそうな風格がある。しかし、目つきはいただけない。

「おまえに用があるのは、こっちの同心だ。おれは九鬼左馬之助、てめえをしょっ引きにきた」

「なに……」

　九鬼左馬之助が右足を半歩ふみだして気色ばんだ。

「てめえは緑橋のそばで、壺振りのおけいと開帳場の仲立ちをやっていた芝崎源次を殺した。二人とも黒門の辰造一家のものだ。知らねえとはいわせねえぜ」

「いいがかりだ。おれには身に覚えのないこと」

「ほう、そうかい。それならそれでいいが、まあ話は聞いてやる。おとなしくおれについてくるんだ」

「そうはいかねえさ。証拠もなしに罪をなすりつけられちゃかなわねえ」

「なんとでもほざけ。やってなきゃやってねえと、その旨の申し開きをすりゃいいだけのことだ」

仁杉が顎をしゃくると、小者の三吉と貞之助《さだのすけ》が前に出た。

「近寄るんじゃねえッ！」

左馬之助の一喝に、三吉と貞之助がビクッと立ち止まった。その代わりに洋之助が口を開いた。

「おいおい、耳が痛くなるじゃねえか。そう怒鳴るな。まあ、ごねるならそこに突っ立ってな。おれは巳喜蔵と話がある」

「なんだ」

巳喜蔵は静かに洋之助を眺めた。

「掏摸の鶴吉を知っているな。おめえの財布を掏った野郎だ」

「さあ……」

「やつは神田堀に浮かんでいた。右手の指五本を切り落とされ、土手っ腹をひと突きされていた。それで、おめえの名前が出てきたんだ」

「朝からとんだご挨拶ですね、町方の旦那衆。あっしらにはなんのかかわりもないこと、寝言ならよそでやってもらいましょう」

さあ、行くぞと、巳喜蔵は二人の用心棒をうながした。

「話がわからねえなら、腕ずくでもしょっ引くまでだ！　神妙にしやがれッ！」

仁杉が声を張った。どっしりした体軀《たいく》同様に、声にも迫力があった。

「じゃかましいわい！　やれるもんならやってみやがれってんだ！　因縁をつけられちゃ黙っておれねえ。相手が町方だろうが、構うこたァねえ。小源太、左馬之助、遠慮いらねえぜ」

巳喜蔵がかっと目を血走らせて吼《ほ》え立てると、九鬼左馬之助と小源太という浪人が腰の刀を抜いた。

「刀を抜いてまでいい逃れようってんなら、しかたねえ。町方に刀を向けた廉《かど》だけでも、てめえらを引っ捕らえることァできるんだ。覚悟しやがれッ」

仁杉も刀を抜いた。

同時に洋之助も刀を抜き、手先の小者たちがさっと十手を構えた。十内は刀の柄に手をやっただけで、相手の出方を待つことにした。

三吉と貞之助が突っかかっていったが、左馬之助と小源太にあっさりはね返されて下がった。

「早乙女ちゃん、助を頼むぜ」

洋之助が十内を見て、前に出ていった。同時に左馬之助がすり足を使って出てきた。

四

「怪我をするだけじゃすまねえぜ。腹はくくってんだろうな」

にやりと笑った洋之助に、左馬之助がいきなり激烈な斬撃を送り込んできた。十内が目をみはるほどの鋭さだった。だが、洋之助は右にかわして、すかさず左馬之助の背に一刀を浴びせた。

左馬之助はかろうじて刀の棟で受けて、洋之助を押し返す。この間に、巳喜蔵に迫った仁杉の前に小源太が立ちはだかった。仁杉は固太りのがっちりした体型だが、小源太も似たような体つきをしていた。

先に仕掛けたのは小源太だった。仁杉は撃ち込まれてきた刀をすり落とし、返す刀で逆袈裟《ぎゃくげさ》に斬りあげた。だが、うまく後ろに下がられて空を切る。

いきなりはじまった立ちまわりに、町は騒然とした。周囲の商家は、とばっちりを避けるために、奉公人たちを店のなかに入れ、戸口を閉めた。野次馬が路地からあらわれ、おっかなびっくりの顔で成り行きを見守る。

二人の同心の小者たち四人は、十手を構えて遠巻きに出番を待っている。十内は腕が立つと見た九鬼左馬之助と戦う、洋之助の助にまわった。

「服部さん、こいつはおれにまかせてくれ。あんたは仁杉さんの助を」

「それにはおよばねえ」

と、洋之助が返事をした瞬間、左馬之助が鋭い突きを送り込んできた。

（危ない！）

十内は胸の内で叫ぶなり、洋之助を突き飛ばすことで救い、そのまま左馬之助と

対峙した。尻餅をついた洋之助は、歯噛みをしていたが、

「早乙女ちゃん、そいつはおめえさんにまかせよう」

といって、仁杉の助にまわった。

十内という新たな相手が出てきた左馬之助は、一度間合いを取って下がり、それから再び、詰めてきた。十内は青眼から下段の構えになって、左馬之助を誘う。

日が雲に遮られて、あたりがうす暗くなった。

すでに左馬之助は額に汗を浮かべていた。十内はまだ疲れ知らずの涼しい顔で、間合いをはかる。左馬之助がじりじりと接近してきた。

十内がさっと左下段の構えになった瞬間、左馬之助が地を蹴った。袴の裾がはためき、刀が風切り音を立てて襲いかかってくる。

十内は下から左馬之助の刀を打ちあげ、すかさず胴を抜きにいったが、後ろに飛んでかわされた。

と、休む間もなく左馬之助は、斬りかかってくる。

斬り下げてきたと思ったら、素早く斬りあげてくる。右面から左面をねらい、十内がたじたじとなって下がると見るや、突きを送り込んできた。

十内は半身をひねってかわし、立ち位置を逆にして青眼の構えになる。

(なかなかやる……)

手こずる十内は、相手の腕に感心した。だが、反撃の糸口を見つけなければ、ほんとうに斬られてしまう。こんなところで犬死にはしたくない。

はっと、大きく息を吐き、臍下《せいか》に力を入れ、眉間に深いしわを彫った。鬢《びん》が乱れ、後れ毛が風にそよぐ。左馬之助は肩を上下に動かし、狂気じみた双眸《そうぼう》でにらんでくる。

周囲ではいろんな声がわいていた。だが、はっきりしたことは十内には聞こえない。いまは左馬之助を倒すことに集中していた。

間合い一間半になったとき、十内が仕掛けた。顔面をねらうと見せかけ、素早く腰を低めて左馬之助の懐に飛び込んだのだ。最初の動きに釣られた左馬之助の胴が、がら空きになっていた。

十内は駆け抜けるように脇腹に一撃を与えた。たしかな手応えがあった。反撃に備えて素早く振り返ったとき、左馬之助は片膝立ちになっていた。刀を杖代わりにして、斬られた脇腹に手をあてていた。

十内はその様子を見た。致命傷になるほど傷は深くない。左馬之助は悔しそうに口をねじ曲げ、にらみつけてくる。

「殺せ」

といった。

「これまでだ」

十内は相手の戦意が喪失しているのを見て、仁杉と洋之助を見た。

仁杉は巳喜蔵を取り押さえ、貞之助に縄を打たせていた。洋之助と松五郎は、小源太を押さえようとしているが、手を焼いている。十内が、そっちに助をしようとしたとき、どどどどっと、地鳴りのような足音が聞こえてきた。

文五郎一家のものが長脇差や匕首を閃かせて、駆けつけてきたのだった。それを、巳喜蔵を縛り終えた仁杉が立ちあがって、両手を広げた。両脇に小者四人が並んで十手を構える。

「騒ぐんじゃねえ。邪魔したらてめえらもいっしょに縄を打つ！」

裂帛《れっぱく》の気合いで発した仁杉の胴間声に、文五郎一家のものたちが足を止めた。

そのときだった。戦意を喪失していた左馬之助が、十内の隙をついて撃ちかかってきた。素早く気づいた十内は、左馬之助の手首を斬り飛ばした。

切断された手首が、弧を描きながら地面にぼとりと落ちた。

「左馬之助！」

驚愕《きょうがく》した顔で叫んだのは、小源太だった。同時に、くそッと吐き捨てて逃げはじめた。

「早乙女ちゃん、追うんだ！」

洋之助の声で十内は小源太を追いかけたが、一町ほど追いかけてあきらめた。引き返すと、駆けつけてきた文五郎一家のものたちをかき分けて、ひとりの大男が前にあらわれた。たがめの文五郎だった。

そのまま仁杉とにらみ合い、

「旦那、ずいぶんじゃございませんか……」

と、あたりを見て、ため息をつく。

「文五郎、調べ次第ではおまえもしょっ引くことになる。せいぜい腹を据えて待っているんだ」

仁杉はそういうと刀を鞘に納め、巳喜蔵と左馬之助をちらりと見て、言葉を足した。

「こいつらは連れてゆく。何もなけりゃちゃんと返してやるさ」

文五郎は黙っていた。そして、十内を見て、コキッと首の骨を鳴らした。

「さあ、立ちやがれッ」

洋之助がひび割れた声で、左馬之助と巳喜蔵に怒鳴って命じた。

五

しばらく慌ただしい日がつづいたが、十内は普段の暮らしに戻っていた。また、ひどい目にあったお夕もようやく落ち着きを取り戻していた。

「おまえを攫った三人組だが、どうやら江戸からいなくなったようだ。なんでも黒門の辰造一家と悶着を起こして追われているらしい。ひょっとすると、いまごろどこかに埋められているかもしれねえ」

「怖いこと……」

そういうお夕だったが、安堵の表情をしていた。

十内は嘘も方便だと、内心で自分を納得させる。

「あんなダニみたいな野郎は、世の中のためにならねえ。いずれみじめな末路を辿るのが関の山だ」

「ほんとね」

心底安心したらしいお夕は、由梨と家の片づけにかかっていた。江戸を離れ国許に帰る支度に余念がないのだ。もうその日まで幾日もなかった。

十内はそんな様子を眺めて、自宅に戻ってきたところだった。茶を淹れて一服したが気になっていることがあった。

洋之助と仁杉の調べがどこまで進んでいるかということである。

鶴吉殺しが立証されなければ、洋之助は再びお清に疑いの目を向けるだろう。そうなると厄介である。

気になっているのは、壺振りのおけいと芝崎源次殺しの疑いで捕縛された九鬼左馬之助のことではなかった。

鶴吉殺しの疑いで大番屋に留め置かれている巳喜蔵のことである。巳喜蔵の仕業だという証拠がなければ、立件は難しい。しかし、巳喜蔵が自分だと自白すればことはすむ。

十内はそれを願っていた。そうでなければ、またお清が疑われるのだ。

取り調べの結果が出れば、知らせが入ることになっているが、もう二日もなしのつぶてである。今日は知らせが入るのではないかと、朝から期待をしているのだが、そろそろ昼近い。

心配したり、不安になったりする十内は、気を紛らすために実家に帰ることにした。普段だと実家に向ける足は重いが、今日はそうはいかない。あえて相談しなければならないことがある。

小十人組《こじゅうにんぐみ》で着々と出世の道を歩んでいる兄・伊織は登城中であったが、父・主膳は非番で自分の書斎でくつろいでいた。

「とんと姿を見せぬと思っておれば、忘れかけたころにやってくる小面憎いやつだ」

主膳は苦言を呈して、文机に向かって読んでいた本を閉じ、十内に体を向けた。

「して、相談があると申したが、まさか金の無心ではあるまいな」

「さようなことではありません。父上のお人柄と、表右筆組頭というお役目を頼んでのことであります」

「ふむ、申してみい」

「父上はお顔も広く、人徳もあり、お上の信頼も厚い方。小普請支配にも顔が利くと承知しています」

「歯の浮くようなことをいいおって、なんの魂胆がある」

主膳は警戒しているようだが、興味のある顔つきだった。

「近藤友次郎なる旗本がいます。この方は書院番におられたのですが、どういうわけか小普請入りとなっています。些細《ささい》なことで知り合ったのですが、まことに人柄もよく立派なお考えをお持ちです」

「さようなものがなぜ小普請入りなど……」

十内は友次郎から聞いたことを、そっくりそのまま話した。少し長い話になったが、主膳は真剣な顔つきで聞いていた。

「それはとうの本人がさように申したことなのだな」

「さようにございます。小普請入りについて近藤殿は自分の不徳もあったし、いたらぬところもあったと反省もされております。お疑いであれば、父上の力でお調べになればわかることだと思います」

「まあ、その気になれば造作ないこと」

「わたしが感服するのは、近藤殿のお考えです。あの方は公儀に仕えることは、天下万民のためだといわれます」

主膳の眉がピクッと動いた。十内はつづけた。

「お上はこの国をよくしたいと考えておられる。そのために諸処のお役目がある。その役目に専念し遺漏なくこなすことは、つまりお上のお考えと同じである。ゆえに、幕臣ひとりひとりがそのことを強く自覚すべきだ。また、上からの教えや諭しだけでなく、自らも勉学に励み、見識を広める努力を怠らぬことが肝要だとも。それらのことが、ひいては天下万民のためになると考えておられるのです」

「ふむ……」

「わたしも近藤殿のお考えに同感です。もっともわたしは家督を継げぬ部屋住みの身分でありますから、いまの暮らしに甘んじていますが、近藤殿のような考えを持たれる人がひとりでも多くなれば、幕政もさらによいほうに変わるのではないかと思うのです」

「近藤友次郎と申したな」

「はい」

「なかなか感心なことを……。たしかにそのとおりだ。それで、近藤は何をしている？」

「役目がないのですから、察すまでもないでしょう。しかしながら、あの方は役付きになったときに備えて、日々勉学にいそしみ、研鑽《けんさん》を積んでおられます。あのような方を遊ばせておくのはもったいないと考えます。また、幕府のためにもお上のためにもならぬことです。さしたる役目もこなさない怠惰な幕臣は、ひとり二人ではないはず。それなのに、役格をいただきのほほんと過ごしたり、威張るだけが能の人もいます。父上もそれはよくご存じのはず。近藤殿の引き立ては、決して損はないはずです。いえ、かえって幕府のために益になる人物だと考えます」

「つまり、おまえはこのわしに、その近藤友次郎なる人物の引き立てを頼みたいというわけであるか」

「まったくさようでございます」

十内は両手をついて頭を下げた。

「おまえの申すこと、相わかった。だが、小普請支配にはたらきかけるとしても、その近藤の申すことが偽りでないことを調べなければならぬ」

「存分にやっていただきとう存じます」

「それで十内……」

主膳はそれまでとちがう目を向けてきた。十内はにわかに身構えた。

「さきほど、おまえは己のことを部屋住みだと卑下したな。さすれば、幕臣への引き立てを願っておるのか。その気持ちがあれば無理ではない。常より多恵《たえ》がおまえの縁組みを考えておるのだ。良家に養子として入れば、おまえも立派な幕臣になれる」

「はッ、それは……」

十内はうつむいた。痛いところである。具合よくうるさい母・多恵が留守をしていたことに、これはいいときに来たと思ったのだが、主膳も十内の将来に気を揉んでいるから、母と同じようなことを口にする。

「いまの暮らしを気に入っているようだが、他人のことに感心ばかりせず、自分のこともよくよく考えよ」

「よく承知しております」

主膳は黙って十内を眺めた。腹の内を見透かすような視線を向けてくる。もっと言葉を重ねたいという顔つきだったが、すんでのところであきらめたようだ。

「承知しておるかどうかあやしいものだ。とにかくおまえの相談の件はわかった」

「はは、ひとつお骨折りお願いいたします」

十内は平伏すると、すぐに主膳の部屋を出た。小言をいわれる前に、またうるさい母親が帰ってこない前に退散すべきだった。

額に冷や汗をかいて実家を出た十内は、家路を急いだ。すでに日の光は衰えはじめている。もしや、調べの結果が留守の間に出ているかもしれないと思うと、自然と足が速くなった。

だが、家に帰っても期待する知らせはなかった。ぼんやり居間に座って、翳りゆく日の光を眺めているだけだった。

お清の様子を見に行こうと思い立ち、腰をあげたときに、玄関に訪《おとな》う声があった。

それは聞き慣れた声だった。

「開いている、入れ」

声を返した十内は玄関に急いだ。

六

「待ちかねていたのだ」

十内は洋之助の顔を見るなりいった。いつものように松五郎もそばにいる。

「それでどうなった？」

「どうもこうもねえさ。しぶとい野郎でな。こうも手こずるとは思わなかったぜ。お陰でこちとら寝不足で、風呂にも入っていねえ始末だ」

洋之助はぼやきながら上がり框に腰をおろした。言葉どおり疲れた顔をして、無精ひげを生やしていた。

「鶴吉殺しは巳喜蔵の仕業だったのだな」

十内は心を急かしていた。

「直接手を下したのは、土田小源太だ。もっとも指図をしたのは巳喜蔵だとわかった。巳喜蔵は白を切りとおしていたが、おまえが手傷を負わせた九鬼左馬之助が何もかも白状したのだ」

　左馬之助は十内に斬られた腕と脇腹を手当てしてもらったが、高熱を発し、衰弱しているらしい。厳しい訊問に、知らぬ存ぜぬをとおしていたが、熱が出てから気弱になったらしく、洋之助が石抱きの拷問をかけると、やっと音をあげたという。

「おけいと芝崎源次殺しは九鬼左馬之助だが、指図をしたのはたがめの文五郎だ。いま仁杉さんが文五郎をしょっ引きに行ってる。それでなにもかも落着だろうが、鶴吉を殺した土田小源太の野郎は行方をくらましている。ひょっとすると江戸から逃げたかもしれねえが、まあこれで鶴吉殺しの件は終わりだ」

　その言葉に、十内はどれほど安堵したことだろうか。お清もこれで無事だし、十内も洋之助からガミガミいわれなくてすんだ。

「これから仁杉さんの助に行くが、おまえさんどうする？」

　洋之助が憔悴《しょうすい》した顔を向けてくる。

「これ以上おれの出る幕はないだろう。あんたらにまかせるよ」

「さようか……。仁杉さんが礼をいっていた。いずれ挨拶に来るとな。早乙女ちゃんには世話になったからな」

「ずいぶん穏やかなことを……」

「おい、つけあがるんじゃねえぜ」

松五郎がにらみを利かせてくる。いつものことだ。十内は微笑むことで受け流した。

「さ、おれたちゃもう一仕事だ。それじゃ、まただ。松五郎、行くぜ」

洋之助はよっこらしょと、声をかけて立ちあがり、ほんとうに疲れた足取りで出ていった。町方も楽じゃないなと、妙に同情しながら見送った十内は、自分にも一仕事残っていることに気づいた。

家を出たのはそれからすぐだ。帰りのことを考え、懐にしまえる携帯用の小田原提灯を持った。西の空にあった日の名残は、大橋をわたるころにはすっかり消えて、町屋のあちこちにあかりが点《とも》される。

西日を浴びていた腰高障子は、家のなかのあかりにあわくにじみ、居酒屋や料理屋の軒行灯が通りを染めるようになった。

近藤友次郎の屋敷についたころには、あたりはすっかり闇につつまれていた。

「早乙女様……」

門を入ったところで声をかけられたので、そっちを見ると、お清だった。薪束の整理をしていたようだが、姉さん被りにしていた手拭いを取り、丁寧に頭を下げて近づいてくる。

「どうだ、ここの暮らしは？」

「はい、お殿様もやさしくしてくださいますし、小五郎さんもおたよさんもよくしてくださいます」

「相馬屋よりはましだろう」

「はい。どうしてあんな店で我慢していたんだろうと、いまさらながら思います。早乙女様に連れてこられて、ほんとうによかったです」

お清は白い歯を見せて笑った。抑圧されていた暮らしから解放されたせいか、お清の笑顔にはあかるさがあった。

「そりゃあよかった。それで、おまえに伝えることがある。鶴吉殺しがわかった。もうおまえに疑いをかけられることはない」

「ほんとですか……」

お清は目を輝かせて、安堵の吐息をついた。

「もう安心だ。それで殿様はおられるか？」

「さっき、湯からあがられたばかりです。早乙女様のことを気にされていました」

おそらく丹治の件を気にしているのだろう。

お清に案内されて、玄関の敷居をまたぐと、座敷に浴衣姿の友次郎が立っていた。

「おお、これはこれは、よくまいられた。例の件がどうなっているか気にしていたのだ。さあ、あがってくれ」

十内は勧められるまま座敷にあがって、友次郎と対座した。

「丹治の件はご安心ください。あのようなごろつきは行き先が決まっているのです。もう、二度と殿様にいやがらせをすることはないでしょう」

「どうなったというのだ？」

「あれは上野のやくざに追われまして、もう江戸にはおりません。二度と江戸に戻ってはこられないでしょう」

「ほう、やくざものに……」

「ひょっとすると、もう息の根を止められているかもしれません。とにかく悪運も尽きたということです」

自分で斬り捨てたとはいえないので、そう話すしかない。

「さようであったか。ならばもう無用な心配はいらぬということであるな」

「何も気にせず、お出かけになって大丈夫ということです」

「では、一安心であるな」

友次郎は表情をゆるめて、十内をあらためるように見た。

「ところで、そなたが連れてきたお清であるが、よくやってくれる。細かいところにも気が利き、まことに重宝な女だ。わかっていないことも教えれば、すぐに覚え込んでしまう。いや、よい女を連れてきてくれた。礼を申す」

「いえ、そういっていただければ、わたしも肩の荷が下りるというものです」

十内が頬をゆるめると、友次郎も頬をゆるめた。飯を食っていかないかと勧められたが固辞した。また、礼金を払うと友次郎はいったが、それも固辞した。

「わたしはお清を押しつけております。礼金の件は先だって話したとおりでございます。どうかお気になさらずに……」

「そなたは骨を折ってくれたのだ」

「では、殿様が無事にお役に就かれたら、その折にいただくことにいたしましょう」

「さようなことを申すが、いつ役がまわってくるかわからぬのだぞ」

「殿様のような人を放っておく手はありません。幕府のなかにもきっと人を見る目のある方がいらっしゃるはず。お引き立ては遠い先のことではないでしょう」

「そうなればよいが、はていつになるかそれはわからぬことだ」

「いいえ、遠い先のことではないと思います」

友次郎はそうなることを信じていようといった。

家路についた十内は、久しぶりにすがすがしい気分になっていた。

お清を友次郎の屋敷に連れて行ったのはまちがいではなかったし、友次郎のことをあらためて人物だと思った。

夜風は冷たかったが、心にはほんわりしたぬくもりがあった。

(帰ったら熱いのを一杯やろう)

そう思いもした。

だが、家のそばに来て背後に妙な気配を感じた。小田原提灯を掲げて振り返るが、あやしげな人影はない。気のせいかと思って歩きだしたが、やはり尾けてくるものがいる。

十内はわざと人気《ひとけ》の少ない、浜町堀の河岸道に出た。尾行者が間を詰めてきた。

「なにやつだ」

さっと、振り返って提灯を掲げたとき、四間ほど先に男が立っていた。男は目が合うなり抜刀して、地を蹴った。十内は男めがけて提灯を投げた。

七

宙を飛ぶ提灯がぼっと火を噴き、斬りかかってくる男の顔を照らした。

土田小源太だった。

十内は抜きざまの一刀で、小源太の斬撃を打ち返すと、体をひねりながら背中に一太刀《ひとたち》浴びせた。だが、わずかに届かず空を切る。

小源太が素早く振り返り、青眼の構えで間合いを詰めてくる。

「きさま、こんなところにいやがったか……」

小源太は十内の声には反応せず、無言のまま自分の間合いをはかっている。十内も自分の間合いを取るために、一度横に動いた。それにあわせて、小源太の剣尖《けんせん》が動く。

「左馬之助をよくも斬りやがったな」

小源太が低くくぐもった声を漏らした。

「なるほど、その仇《かたき》を討ちに来たってことか……ばかなことを……」

「ほざけッ」

「文五郎もお縄になっているはずだ。もう、おまえも逃げられはしねえぜ。おまえの手配はすでに終わっている。それに、九鬼左馬之助は何もかも白状したそうだ。鶴吉殺しも、おけいと芝崎源次殺しもな」

「なんだと」

小源太はピクッとこめかみを動かした。信じられないという目つきだった。

「嘘じゃねえさ。こんなところで道草食ってる場合じゃねえぜ」

十内は自分の刃圏に入った。

「よくしゃべるやつだ。てめえは許さねえ」

牙を剝く顔でいった小源太が、すっと腰を落とした。がっちりした体が闇のなかに一瞬沈んだと思ったら、思いもよらぬ敏捷《びんしょう》さで下段から斬りあげてきた。

十内は左に打ち払い、袈裟懸《けさが》けに刀を振った。小源太はその一撃を必死に避けたが、体勢を崩し、片膝をついた。

その隙を見逃さずに、十内は裂帛の気合いを発して袈裟懸けに刀を振った。ビュンと風切り音を立てる刀は、闇を裂き、小源太の首の付け根にざっくり斬り込まれ、首を落とす。

通常ならそうなるところだったが、十内は紙一重のところで刀を止めていた。絶妙の寸止めだった。しかし、研ぎすまされた刃は、小源太の首筋にぴたりとあてられている。

夜目にも小源太の顔から血の気が引くのがわかった。

「ここまでだ。刀を放せ」

「殺せ」

「そうしてもいいが、おめえは鶴吉に手を下した男だ。そのことを白洲《しらす》の上でちゃんと話してもらわなきゃならねえ」

それですっかり、お清の疑いが解けることになる。

「くッ……」

小源太は悔しそうな声を漏らして、刀を捨てた。

十内は晩秋の日が射す縁側でぼんやりしていた。狭い庭にある木々に目白や鵯がやってきては、どこへともなく去っていった。

去るのは鳥たちだけではない。

お夕と由梨が、江戸を離れて郷里の越後に帰る日だった。

昨夜は何か手料理をと思ったが、小源太を捕縛したことで仁杉と洋之助の饗応にあずかっていた。二人の話では文五郎も捕縛したので、江戸進出をねらっていた文五郎の思惑はあえなく潰《つい》えたことになったらしい。一家も散り散りになっているという。

それはともかく、十内は一抹の淋しさを覚えていた。お転婆娘二人に格段の思い入れはなかったはずだが、いざとなるとなぜか物足りなさを感じるのだ。いつもにぎやかに遊びに来ていた二人だが、もうそのにぎやかさはなくなる。

うるさいと思ったこともたびたびあるが、憎めない娘たちだった。なにより二人は、屈託がなくあかるかった。由梨はあどけなさを残しているが、お夕にはドキッとする色気を感じることもあった。

（そういえば……）

十内は秋の空を眺めた。丹治に連れ去られ、宙吊りにされていたときのお夕が脳裏に浮かびあがった。きれいな体だった。腰のくびれも、ほどよく肉のついた尻も、そして張りのある豊かな胸も……。

由梨はどんな体をしているのだろうかと、勝手に想像していると、玄関口で声がした。

「早乙女さん、それじゃ行きますよー」

由梨だった。

「送ってくれんでしょう」

お夕の声も飛んでくる。

玄関に出ると、二人は思いの外、軽装だった。

「なんだ、荷物はそれだけか……」

二人は菅笠《すげがさ》に手甲脚絆《てっこうきゃはん》、草鞋履きで、背中に小さな風呂敷包みを背負っているだけだった。振り分け荷物も小さい。

「女二人の長旅です。いらないものはみんな捨てるか、近所の人にあげちゃった」

由梨がちゃっかりした口調でいう。

「これで十分よ」

お夕も笑顔を見せる。別れるというのに、ちっとも淋しそうではない。

二人は奥州街道の氏家《うじいえ》宿から会津を経由して越後に帰るらしいが、江戸から遠く離れたことのない十内にはぴんと来ない。とにかく、千住まで送ることにした。

由梨が仕事の拠点にしていた西両国を脇目に、御蔵前《おくらまえ》から浅草の町屋を抜けてゆく。お夕と由梨は名残惜しそうに、その町並みを眺めては、来し方を振り返り、楽しそうに笑ったり、懐かしんでいた。

浅草山谷町を抜けると、急に田畑が広がる。すすきの穂が日の光に輝いていた。人の目を楽しませた落葉樹は、進んでゆく往還に細い斑《まだら》模様を作っていた。

刷毛ではいたような雲を浮かべる空から、のどかな鳶の声が降ってくる。

お夕と由梨はかしましくしゃべりつづけている。見送る十内をそっちのけである。

やがて千住宿に入った。十内は楽しそうに歩く二人を後ろから眺める。

（こういうのを天真爛漫というのだろう）

　そう思うしかない。

　まったくさばさばした女たちだと、いまさらながらあきれもする。

と、その二人が千住大橋の手前で立ち止まり、同時に振り返った。

「早乙女さん、ここまでで結構です」

　お夕がいう。

「もう十分だから……」

　由梨が言葉を添えた。いままで屈託なくしゃべっていた二人の目が潤んでいる。

「きりがないでしょ。ほんとうは、早乙女さんといっしょにいたかった」

　お夕の目から涙がこぼれた。由梨の大きな目からも大粒の涙が頬をつたっていた。

「おい、急にそんな顔をするな」

「だって、つらいんだもの。わたしたち早乙女さんのことがとっても好きだったから」

　お夕は人目もはばからず涙を流す。

「わたしも……ほんとは、ずっと江戸にいたいと……」

「もういい。なにもいうな。……おれも……くそッ」

十内は目をしごいた。二人につられて、思わず涙ぐんでいた。涙を見せまいと誤魔化すために、持参してきたお守りをわたした。

「これは……」

と、二人は同時に目をしばたたいた。

「昨日神田明神でもらってきたんだ。道中守りだ。それから、これを。餞別《せんべつ》だ」

懐紙に包んだ金を、それぞれにわたした。手許不如意なので二両ずつだ。それが精いっぱいだった。

由梨とお夕はお守りと餞別をありがたそうに押し戴《いただ》き、さらに涙をあふれさせる。

由梨は洟をぐすぐすいわせるほどだった。

「おまえたちには、涙は似合わねえ。笑って去るんだ」

「なによ。早乙女さんにも似合わないわ」

由梨にいわれた十内は、片腕で目をしごいた。

「帰ったらお手紙を書きます」

由梨が声を詰まらせながらいった。

「ああ、楽しみにしている。それじゃ早く行くんだ」

二人はお互いに顔を見合わせて、「うん」とうなずき、同時に背を向けた。十内はその場に立って、橋をわたってゆく二人を眺めていた。

由梨もお夕も振り返らなかった。その姿がだんだん小さくなってゆく。だが、橋をわたりきる前で、二人は振り返った。

「お達者でー！　お達者でー！」

二人は声をかぎりに手を振ってきた。

十内も手を振り返して、

「気をつけてな。気をつけて帰るんだぜ……」

と、言葉を発したが、それは独り言のように小さかった。大きな声を出せば、また泣きそうな気がしたのだ。

再び背を向けた由梨とお夕の姿は、晩秋の光につつまれた街道を遠ざかり、やがて十内の視界から消えていった。

月が変わり、十日がたった。風の強い日が多くなり、それにあわせるように朝晩の冷え込みも厳しくなった。由梨とお夕が訪ねてこないと、なんとなく物足りなさを感じるが、その思いも次第にうすれ、代わり映えのしない日々が訪れていた。

仕事の依頼はあるが、どれもこれも取るに足りない頼みごとばかりで張り合いをなくしていた。もっとも斬った張ったになる危ない依頼も困りものだが、実入りはそっちのほうがいい。かといって、好んでそんな仕事を受けたいとは思わないから、

（人間てやつァ、勝手なものだ）

と、苦笑するしかない。

その日もやることがなく、昼を過ぎても誰も訪ねてこなかった。

（そういやァ、昨日も誰も来なかったな）

と、思いだし、「ふぁあぁー」とだらしないあくびをしたとき、玄関で訪いの声があった。腕枕をして横になっていた十内は、飛び起きて返事をした。

「戸は開いてるから勝手に入ってくれ」

失礼いたしますといって入ってきたのはお清だった。

「おお、お清だったか。ずいぶん華やいだ若い声だったので誰だろうと思ったのだ。何かあったか？」

「はい」

　お清は肌つやもよくなっており、本来の器量のよさを取り戻しているようだった。暗い陰もうすれ、瞳も輝いている。

「お殿様にお役がまわってきたのです」

「ほんとうか」

「はい、奥右筆《おくゆうひつ》に引き立てられることになったそうです」

「奥右筆……それはまた、大層な役目がまわってきたものだ」

「それで、今夜お祝いを兼ねて、早乙女様にあらためてお礼をしたいとのことです。是非にもお屋敷のほうに、おいで願いたいとのことでございます」

「ほほぅ、そりゃ目出度《めでた》いことだから伺うことにするが、礼などはいらぬから、そのように申し伝えてくれ」

「では、おいでいただけるのですね」

「ああ喜んで伺う。それにしても、おまえさん、短い間に見ちがえるようになったな。それに御武家の礼儀もちゃんと身についている」

　十内があらためて見ると、お清はぽっと頬を赤らめ、いかにも恥ずかしそうに、

「では、お待ちしております」

と、ちょこんと礼をして出ていった。

見送った十内は、何だか我がことのように嬉しくなった。

「そうか、奥右筆か……なかなかえらいところに引き立てられたものだ」

声に出して感心すると、さて今夜はなにを着ていこうかと考えた。せっかくの目出度い席である。失礼があってはならないと思い、普段より地味な恰好で出かけようと数少ない自分の着物を物色しはじめた。そのとき、表から空咳が聞こえてきた。

「うぉほん、うぉッふぉん……ええい、忌々《いまいま》しいことだ。喉になにかがひっかかってやがる」

声で誰だかすぐにわかった。

「おーい、早乙女ちゃんいるかい」

服部洋之助だった。手にした着物をもとに戻した十内は、また面倒なことを頼まれるのではないかと思いながら玄関に足を向けた。

本書は書き下ろしです。

幻冬舎時代小説文庫

●好評既刊
稲葉 稔
よろず屋稼業 早乙女十内（一）
雨月の道

ひょうきんな性格とは裏腹に、強い意志と確かな剣技を隠し持つ早乙女十内。実は父が表右筆組頭なのだが、自分の人生を切り開かんとあえて市井に身を投じた——。気鋭が放つ新シリーズ第一弾。

●好評既刊
稲葉 稔
よろず屋稼業 早乙女十内（二）
水無月の空

よろず屋稼業を営む早乙女十内に、二つの事件が舞い込んだ。殺しの下手人探しと、失踪した一流料亭の仲居探し。十内は、事件の背後で嗤う巨悪の存在を嗅ぎ取り……。人気シリーズ第二弾。

●好評既刊
稲葉 稔
よろず屋稼業 早乙女十内（三）
涼月の恋

老女捜しと大店の主の行状改善を同時に請け負った早乙女十内は、江戸の町を奔走する。だが、ある女の死体が発見されたことから事態は風雲急を告げ……。人気沸騰シリーズ、緊迫の第三弾。

●好評既刊
稲葉 稔
よろず屋稼業 早乙女十内（四）
葉月の危機

蠟燭問屋に盗賊集団が押し入った。被害は千四百両にも及び、七人が殺される惨劇と化した。賊を目撃しつつも阻止できなかった早乙女十内は己を責め、一味の打倒を決意するが。緊迫の第四弾。

●好評既刊
稲葉 稔
糸針屋見立帖
韋駄天《いだてん》おんな

糸針屋の女主・千早のもとに転がり込んできた天真爛漫な娘・夏が、岡っ引きの手伝いを始めたある日、同じ長屋の住人が殺される。下手人捜しをするうちに、二人は、事件に巻き込まれ——。

幻冬舎時代小説文庫

●好評既刊
糸針屋見立帖
宵闇の女
稲葉　稔

酢醤油問屋で二人の脱藩浪士が殺された！　怪しい男を目撃していた夏は、居候先の糸針屋女店主・千早と事件の真相解明に乗り出す。しかし、夏を狙う不気味な男の影が目前に迫っていた――。

●好評既刊
糸針屋見立帖　逃げる女
稲葉　稔

「わたし……売られてきたんです」。糸針屋ふじ屋の前で倒れていた若い女・お夕はそう言って泣いた。千早と夏は、女衒に追われる訳ありの娘を救えるのか？　大人気時代小説シリーズ第三弾！

●最新刊
半次と十兵衛捕物帳
極楽横丁の鬼
鳥羽　亮

半次と十兵衛は、長屋仲間の亀吉が殺された夜、米問屋に強盗が押し入っていたことを知らされる。二つの事件の繋がりを探る半次らが突き止めた驚くべき事実とは？　手に汗握るシリーズ第二弾！

●好評既刊
妾屋昼兵衛女帳面五
寵姫裏表
上田秀人

大奥騒動、未だ落着せず。大奥で重宝され権力の闇の深みに嵌る八重。老獪な林出羽守に絡め取られていく妾屋昼兵衛と新左衛門。将軍家斉の世継ぎ夭折の真相に辿り着けるか？　白熱の第五弾！

●好評既刊
爺《じじ》いとひよこの捕物帳
青竜の砦
風野真知雄

死んだはずの父と再会した下っ引きの喬太。しかし父は町方とかつての仲間の両方から追われる身。伝説の忍び・和五助翁はまかせておけと言うが、成長した喬太は自ら騒乱に飛び込んでゆく……。

よろず屋《や》稼業《かぎょう》　早乙女《さおとめ》十内《じゅうない》（五）

晩秋《ばんしゅう》の別《わか》れ

稲葉《いなば》稔《みのる》

平成25年10月10日　初版発行

発行人——石原正康
編集人——永島賞二
発行所——株式会社幻冬舎
〒151-0051東京都渋谷区千駄ヶ谷4-9-7
電話　03(5411)6222(営業)
　　　03(5411)6211(編集)
振替00120-8-767643
印刷・製本—図書印刷株式会社
装丁者——高橋雅之

検印廃止
万一、落丁乱丁のある場合は送料小社負担でお取替致します。小社宛にお送り下さい。

本書の一部あるいは全部を無断で複写複製することは、法律で認められた場合を除き、著作権の侵害となります。

定価はカバーに表示してあります。

Printed in Japan © Minoru Inaba 2013

幻冬舎時代小説文庫

ISBN978-4-344-42104-2　C0193　い-34-8

幻冬舎ホームページアドレス　http://www.gentosha.co.jp/
この本に関するご意見・ご感想をメールでお寄せいただく場合は、
comment@gentosha.co.jpまで。